文芸社セレクション

高校生ヤングケアラー

三津井 清隆

文芸社

目次

第1章　合格発表の日……6
第2章　入学式……18
第3章　ライバルの出現……27
第4章　雨の日の出来事……30
第5章　林間学校のキャンプファイヤー……37
第6章　靴箱の手紙……42
第7章　初めてのデート……47
第8章　意外な一面……54
第9章　ヤングケアラー……69
第10章　俺の勘違い……85
第11章　高校2年生が始まった……92
第12章　修学旅行……95
第13章　入院生活……108
第14章　秋の図書室……120
第15章　野球部はどうする……123

第16章　進路選択 …… 126
第17章　とうとう高校3年生になった …… 129
第18章　浪人生活 …… 139
第19章　母親の死 …… 144
第20章　大学生活と就職 …… 148
第21章　アクシデント …… 154
第22章　プロポーズと結婚 …… 165
第23章　新たな決意 …… 170
第24章　なぜ？　今頃 …… 186
あとがき …… 200

第1章　合格発表の日

今日は、高校の合格発表の日。

1人で見に行くことにした。

電車に乗って、家から1時間程の府立北城高校だ。

とりあえず、地元では進学高校と言われて、勉強のできる連中が受験していた。

俺の名前は、松原健二、青山中学の3年生。

家族は5人、商事会社に勤めるオヤジとスーパーマーケットのパート従業員のオフクロと大学生の兄貴と高校生のねえちゃんと末っ子の俺。

俺は、恥ずかしがり屋で、人前で自分の意見を言ったり、音読するのが大の苦手。

部活動は野球部でポジションはライトの補欠。

勉強は、あんまり得意じゃないけど……まぁまぁ中の上かな……？

俺は訳あって、この進学校の北城高校を受験した、万が一にも合格は無理だろうと半ば、不合格の言い訳を考えながら発表会場へ向かった。

駅を降りると、俺と同じような雰囲気の中学生たちが、北城高校方向へとぞろぞろ歩いていく。

駅付近の繁華街を抜け、15分程歩くと視界が大きく広がってくる淀川の堤防近くにめざす高校はある。

高校の正門近くに来ると、高校生たちが賑やかに、ざわざわとパフォーマンスを交えながら部活動の勧誘をやっていた。

「わがサッカー部へ入部を！」「ブラスバンド部へ」……「野球部へ」と大盛況である。

まだ、合格が決まった訳でもないのに……。合格を諦めてはいるが、やはり合格したい！

発表は、午前10時から正門を入って右手奥の体育館横掲示板に、合格者の受験番号が貼り出される。

まだ、午前9時30分だ。

発表を見に来た受験生たちは、掲示板前でまだか、まだかと落ち着かない。

俺と同じ中学から受験した生徒は、男子５人女子６人の11人。

正門を入ったところで同じクラスの長谷川さんと山田君に出会った。

同じ中学校の生徒同士が、数人ずつのグループになってそれぞれに緊張した面持ちで談笑している。

３組の藤本理香さんも同じ中学校の女子たちと不安そうな面持ちで談笑しながら、発表の時間が来るのを待っていた。

３組の藤本さんは、可愛い子で俺のあこがれの女の子だ。

俺は中学校時代、あまり目立たないおとなしいタイプの人間だったから、特に他のクラ

合格者
1007 1008 1010 1012 1015
1016 1017 1020 1021
1023 1025 1027 1028
1029 1030 1033 1035
1038 1040 1041 1043

スの生徒から挨拶や声をかけてもらえるような関係でもなかった。

藤本さんたちの女子グループも俺の登場に、特に気づいた様子もなく、おしゃべりを続けている。

藤本さんは、今日も清楚でショートヘアの前髪がさりげなく額にかかった横顔がなんとも可愛い。

また、中学校の制服がすばらしくよく似合い、とてもチャーミングだ。

なんといっても彼女のパッチリとした素敵な瞳は、とても俺の胸にキュンと突き刺さる。

彼女のきれいで可愛い声が談笑している女子グループの方から聞こえてくるが、話の内容まで聞き取れる距離ではない。

今日も俺は、藤本さんに気づかれないように遠目にドキドキしながら彼女をチラチラ見つめていた。

青山中学の男たちは、それはもう俺の推測では95％以上が彼女の虜になっている。

いや、99％かな……いや１００％かな？

でも彼女は、硬式テニス部で勉強とテニスに打ち込んでいるし、恥ずかしがり屋で彼氏はいないと俺は勝手に推測している。

しかし、彼女と同じクラスの近藤や梶山や……と他のクラスの男どもが彼女に告白したとか。

そんな噂がちょくちょく流れてくるので、気が気ではなかったが、俺はとっても彼女に告白する勇気なども持ち合わせていない。……全く我ながら情けない……。

とにかく、俺にとっては天使のような存在で、あこがれの人なのだ。

頭の中は、彼女のことで埋め尽くされていると言っても過言ではない。

俺は同じクラスの男子の山田と2人で、発表までの時間を待っていた。

「落ちたらどないしよう。ドキドキするなぁ」と2人で言い合っていた。

山田は「俺、たぶんあかんわ」とつぶやいている。

「俺の方こそ、あかんわ」とお互いにけん制し合っていた。

まさしく、俺は最後の土壇場勝負で受験しただけで、山田の方が普段から俺より実力が上回っていた。

実をいうと、藤本さんが北城高校を受験するということを、11月末に3組の同じ野球部の武田から聞いたので、俺は、志望校に決めていた西原高校からわざわざ北城高校に志望校を変更したのだ。

俺は、なんという動機不純な奴だろう。

昨年11月の担任と親と本人とで、進路を最終決定する三者懇談会で、西原高校を受験すると決定していたにも拘らず、学力的に難しいのではないかと担任から言われた北城高校に、受験先をこのような理由で変更したのである。

しかも、この受験校変更を担任教師に申し出たのは、三者懇談で受験校を決定したひと月も後の12月に入ってからだった。

12月の初めの昼休みに勇気を振り絞って、１人で職員室の担任教師を訪ねた。

ものすごくドキドキした。

担任教師の席の横に立つと担任教師は書類整理の手を止め、「うっ？　なんだ？」

俺は、すっかり緊張して「ああっ…の……」

担任教師は、次の俺からの言葉を待った。

「あのー…俺、北城高校に志望校を変更したいんですけど……」

担任教師は「えっ！」と驚いた表情から困った表情に変わった。

「そりゃー今の松原の実力じゃ無理だと思うけどなぁ」

続けて「通らんぞ」

「家の人とも相談したんか？」

「はっはい」

「家の人は、なんとおっしゃっている」

「『おまえが受験したいなら、おまえの思うようにしたら』と両親は言っています」

「そしたら、2月にある私立高校の試験に確実に合格しとかな行くところがなくなるで」

「これから、かなり勉強せなんだらおそらく無理やで」

「わかった！　しっかりがんばれよ！」

「はい」と俺は小さな返事をして、俯いて軽く頭を下げた。

そして、静かに職員室を後にした。

うーん、本当にこれでよかったのか……。

とにかく、勉強しよう。

何が何でも合格しなければならない。

それから、もう時すでに遅しの感があったが彼女と同じ志望高校をめざして、だれにも志望校変更の決断に至った真実を告げることなく、動機不純な俺は見違えるように勉学に励んだのであった。

そして、今日、北城高校の合否発表の日を迎えたのである。

そうこうしていると、同じ中学の男子5人がなんとなく集まってきた。

また、女子は女子で6人がひとところにかたまっていた。

発表前の緊張感を仲間とのおしゃべりで、「あぁぁ私、だめやわ」とか「落ちてたらどうしよう……」とか
「だいじょうぶ。だいじょうぶ。……」とお互いに不安な表情をしている。

いよいよ発表の時刻5分前だ。

不純な志望動機とはいえ、万万が一にでも……という期待が俺の頭の中をよぎった。

発表を見にきた受験生や保護者たちが掲示板に注目しているなか、高校の職員たちが大きな張り紙を持ってきた。

北城高校、合格者発表と書いてある。

『あーいよいよ運命の時だーあるはずないよなぁー』と自分の心の中でつぶやきながら、

自分の受験番号である1029番を必死で探した。

1000番、1007、1011、1016、1022、1023、1026、1029……

「えっ！　あった!!」「えっ！」「うそだろー！」何度もなんども見返した。

「あった！」「あった！」「あった！」天にも昇る心持ちであった。

山田は？「山田もあった！」「よかったなぁ」と生まれて今までに見せたことのないような顔いっぱいの笑みを浮かべて、山田と2人で喜びあった。

そんなことより、藤本さんはどうだっただろう。山田のことより藤本さんのことが、先に気になっていた。

祈るような気持ちで、女子グループの方を見ると泣いている女子を言葉にならない言葉で、ばつ悪そうに慰めている感じだ。

えっ藤本さんは……落ちた？？？　と思ったが、いやいや、あの様子では、藤本さんは合格、不合格の友達を慰めている構図だったように見える。

今まで取り立てて会話もしたこともない女子たちのグループへ山田と駆け寄り、「どうだった！　俺たち合格したよ！」と言いたかったけれど……。そんな雰囲気でもないし、女子たちにフランクに会話できる勇気も2人共、もち合わせていなかった。

でも、藤本さんは合格したような雰囲気が伝わってきた。

早速、俺は電話で、おかん（母親）へ連絡した。

「おかん、合格したで！」

「えっ！　ほんとぉうっ！」「よくやったねー！」「すごいねー！」「早速、お父さんに連絡するわ」

「山田君は、どうやった？」

「山田も合格したで」

「へえーそれは良かったねー」

「今日午後2時から北城高校で、合格者への入学説明会があるから保護者と一緒に行かなあかんねん」

「おかん、2時に間に合うように高校へ来てや」

「行く行く、お昼ご飯は、どうするの？」

「昼めし代は持っているから、山田たちと近くの食堂で食べるわ」

「はい、そしたら、けんちゃんは1時半頃に高校の正門あたりで待っててね」

とおかんも電話の向こうで、めちゃくちゃ喜んでくれた。

そうそう学校へ合格の連絡をせないかんかった。

山田が俺にまとめて、学校へ連絡をしてくれ、というので、俺が代表で中学校へ連絡することになった。

学校へ電話すると担任教師は、「えっ！　ホントか！　松原、お前ホントに合格？……」

電話の向こうで、担任も俺が合格するとは思ってもいなかったという様子が、伝わってきた。
まぁしかたがない、本人もびっくりしているぐらいだから、担任の驚きも許してやろうと思った。
合格発表の掲示板前は、悲鳴やら歓声やら悲喜こもごもであった。
同じ青山中学校から北城高校への受験生の合否状況
1組　原田（男）合格、川上（女）不合格
2組　田中（男）不合格、竹内（女）合格
3組　柴田（男）不合格、藤本（女）合格
4組　川端（女）合格、加藤（女）不合格
5組　山田（男）合格、松原（男）合格、長谷川（女）合格
という状況だった。
青山中学校から男子が5名受験し合格は3名、女子は6名受験し合格は4名となかなかの難関高校なのだ。
北城高校へは、だいたい中学校の成績上位の者しか受験しない。
そこへ俺が、奇跡的にねじ込んできた感じである。
男の恋心は、すさまじい力を発揮させる。
ただただ、藤本理香さんと同じ高校へ進学したいという一念で、昨年の11月からがむしゃらに頑張ってきた。

その学習への頑張りの動機は、俺しか知らない。

藤本さんにあつかましく告白したという柴田が、不合格……。

俺は内心、ホッとした。ざまぁみろ……抜けぬけとドあつかましく告白し、藤本さんが受験するこの北城高校を狙ってきたな。と俺は自分のことを棚に上げてそんな悪魔の心をもっていた。ああ……俺は何という情けない奴なんだ。

ひとしきり合否発表のざわめきがおさまりかけた頃、山田と1組の原田の合格した男ばかりで、駅近くの食堂で昼食を食べ、午後からの合格者説明会に出席する保護者を待つことにした。

合格した3人は、自然に心も軽やかで人生が最高に思える幸福感に浸っていた。

「高校に入ったら、お前何部に入る」３人でこんな会話をしていた。

山田は吹奏楽部、原田はサッカー部、俺は野球部と３人共、部活は決めているようだった。

うちの中学校から受験した、男子のあいつが落ちて女子の○○さんが合格したなぁ。とそんな話をしながら食堂で昼食を食べていた。

原田が突然、「俺、実は藤本さんが、好きやねんなぁー」

「藤本さん合格してて、良かったわー」と言い出した。

俺は思わず、今までの幸福な気分が、一遍に吹き飛んで行きそうだった。

俺は食べている箸が、思わず止まった。

原田の奴、なんてことを思っていやがる。

ここにもライバルがいたか。

原田は続けて、「山田の好きな子はだれや」と聞いた。

すると、山田は健気にも、不合格になった1組の川上さんだと言っていた。

山田の奴『可哀相に……』と思いつつも、俺としては山田の口から藤本さんの名前が、出てこなかったことに安堵した。

今度は、俺に聞いてきた。

「松原は、誰が好きやねん？」

俺は出来るだけ平静を装い、自分が注文した定食を食べながら、さりげなく答えた。

俺は、先に原田に藤本さんと言われた手前、藤本理香さんだとは言いにくくなった。

「そんな子いないよ」と馬鹿な俺は答えてしまった。

俺は見栄を張って「そんな子いない」と答えてしまったことに後悔をした。

はっきり、俺も「藤本理香さんが好きだ」とあの場で言えば良かった。

原田は、ここにライバルがいないことに安堵した様子で、俺の幸福感を奪っておいて、益々笑みを浮かべながら２００％の幸福感を噛みしめて食事をしていた。

俺は、50％以下になった幸福感をもちながら、急に不味くなった食事を済ませた。

第2章　入学式

４月８日入学式

朝は６時前に目が覚めた。

部屋のカーテンを開けるととてもいい天気だ。

さわやかな朝だ。

なにかいいことが始まりそうな、そんな気持ちのいい朝だった。

おかんは、俺の入学式ということで朝早くから赤飯を炊いてくれていた。

朝食は、家族５人で食べる習慣になっている。

今年から高校３年生になる姉貴は、家から自転車で通学できる距離の北山高校に通っている。

入学式は午前９時半からだが、新入生は８時半までに登校することになっていた。

式には、おとんは、どうしても仕事が休まれなくて、おかんと２人で行くことになった。

途中で山田親子と一緒になった。

俺のおかんと山田のおかんは、同じ中学校のＰＴＡ同士で顔は知っているが、話はしたことがない関係だった。

しかし、2人のおかんは電車を降りて歩いている間じゅうなんやかんやとよくしゃべる。

『ほんまに女同士、よくしゃべるなぁー』と山田と俺は、あきれながら2人のおかんの前を離れて歩いた。

高校に着くと、ザワザワと先日の合格発表の時と同じような雰囲気だ。

クラス分け発表は、合格発表の時に掲示された体育館横の掲示板に張り出される。

北城高校の制服は、上着は紺のブレザーに左の胸ポケットに手の平半分ほどのワッペンが縫い付けてある。

ワッペンは金糸で刺繍されたカッコイイデザインだ。

男子生徒は、グレーのストレートのズボン、女子生徒も紺の上着に男子と同じ胸ポケットのデザインだ。

女子生徒は、グレーのスカートだ。

真新しい制服を着た新入生たちは、夢と希望に満ちた引き締まった笑顔で続々と登校してきた。

今日から高校生だ。俺も高校生になれたんだ。しかも北城高校の生徒だ。

しかも、しかも、あこがれの藤本理香さんと同じ高校に入学するんだ。

もう朝から俺の心は、日本一幸せになったような気分だった。

そんなテンションの上がった1日の始まりだった。

今日も、あの時と同じようにドキドキする。

それは、藤本さんと同じクラスになれるだろうか？

1年生のクラスは8クラスもあるから、いっしょになれる確率は8分の1。

とってもじゃないけど無理だなぁーとほとんど諦めている。

午前9時になった。

予定時刻通りにクラス分け発表の巻紙を高校の先生たちが、掲示板に貼り出しはじめた。

新入生336人が、一気に掲示板へ群がる。

あっちこっちから「あっ！　私6組」「加藤、8組にあったよ」「よっちゃん、2組だよ」などと騒めく。

俺は、一生懸命に自分の名前を探す。

あっ、あった。まるで合格発表の時と同じ雰囲気だ。

俺は3組になっていた。ほぼ同時に藤本理香さんの名前も俺の目に飛び込んできた。

すごい！　なんて俺はラッキーなんだ！

なんと、藤本理香さんと同じクラスじゃないか！

もう天にも昇る気持ちだ。

今までの人生で、最高の気分だ！

俺はできるだけ平静を装い、藤本さんに『藤本さんと同じクラスですね』と声をかけたかったが、その勇気すらでないくらいに緊張をしてしまった。

逆に藤本さんの方から「松原君と同じ3組ですね」と声をかけられた。

しかし、俺はだらしないことに赤面して中途半端な生返事になってしまった。

「あっ、ううんそうですね」

今日まで彼女とまともな会話すらしたことはなかった。

同じ中学出身者は、山田と竹内さんが1組、原田が2組、川端さんが5組、長谷川さんが8組だった。

とにかく俺にとっては、理想的なクラス分けになっていた。

藤本さんと同じクラスなら、そして藤本さんに好意をもっている原田が他のクラスにいるなら、もう何も言うことはない。

同じ中学校出身者は、これまたラッキーなことに藤本理香さんだけであった。

あー、神様仏様、僕は選ばれた人間なのでしょうか？

まあ、とにかく高校1年生の学校生活がスタートした。

よーし、頑張るぞ！

好きな子が同じクラスにいるということ程、励みになることはない！

学校が始まるのが楽しみだ！

そして、いよいよ、３３６人がそれぞれ自分の教室へ入っていく。

ゾロゾロと校舎の中へ大移動だ。

1年生の教室は、４階建て校舎の３階だった。

教室に入ると前の黒板にまたまた座席表が掲示してあった。

教室の席は、俺はグラウンドの見える窓際の後ろから2番目の席だった。

藤本さんは、廊下側の2列目で前から2番目の席。

俺の席からは、右斜め前方方向に彼女が視界に入る。

クラスの席は、男子列と女子列が交互になり、それぞれ3列ずつの合計6列になっている。

1つの列には、7つの机が並びクラス人数42名、男子21人・女子21人である。

教室の窓から春のさわやかな風が、心地よく入ってくるようだった。

新入生たちがそれぞれの教室に入り、しばらくすると担任の教師が入ってきた。

それまで、座席表の通りに席に着いている者や廊下で会話している者もいたが、一斉に自席に着いた。

俺のクラスの担任は、背広にネクタイ姿の30代後半ぐらいと思われる男性教師だった。

生徒たちは、みんな緊張と希望に満ちた新鮮な面持ちで、教壇に立っている担任教師の話に耳を傾けていた。

すると、教師は軽く会釈をし「担任の吉野です」と自己紹介をした。

「教科は数学です。これから入学式が始まるので、体育館に入りますが出席番号順に男女別に2列に整列してください」

入学式も終わり、次の日から授業が始まった。

やはり初めのうちは、同じ中学校出身の同性同士で会話をしていたが、同じ中学校の出

祝
入学
4月8日

身の仲間がいないものは、おとなしくしてクラスの様子を窺っていた。

藤本さんに『あいつ馬鹿な奴！』と思われないように勉強にスポーツに頑張るぞ！

家に帰っても、自分でもびっくりするぐらい予習復習を始めた。

親も俺の不純な動機を知らないで、「健二は、最近よく勉強するようになったわ」と親父とおかんで話していた。

しかし、クラスには正直、俺よりイケメンの男どもが数人いる。

やばいなあー。

藤本さんの隣の列の奥野という男、同じ中学校でもないのに藤本さんに話しかけるな！

俺の席からは何を話しているのかは、分からない。

うちのクラスの女子は、俺が審査するとナンバーワンはやはり藤本さん。

後、ナンバーツーは、伊藤さんと中原さんかな？

その次が、個性的なキャラの井上さんと安田さんかな？

と男目線で心の中で、審査をしていた。

男連中は、たいがいそんなことばかり考えているだろう。

男友達は、俺の席の後ろの木村とすぐ前の席の山本という2人とご近所さんということもあって、会話することが多くなった。

木村は、無口な表情の硬い奴だが、俺が話し掛けると口数少なく応じてくれる。

ちょっと話しにくいタイプだ。

山本は、人の良さそうな地味な奴だが、結構話し相手になりそうな奴だ。

入学して5月の連休も終わり、校庭の桜もすっかりピンクの花が散り、緑の葉っぱに変わった頃、……。

校庭のレンガの花壇には、赤、白、黄色のチューリップが、メチャクチャ美しく咲いている。

今日も放課後、野球部のキツーイ練習をしている。

1年生は、ひたすら走り込みとバットの素振りと球拾いだ。

藤本理香さんは、硬式テニス部に入って一生懸命練習をしている。

野球部の練習グラウンドは、校庭に隣接しているがテニスコートから少し離れ、彼女の練習している姿をいつも見ることができないのが、非常に残念だ。

テニスコート
ヨ〜イ!

第3章　ライバルの出現

同じクラスになったもののそこから藤本さんとの距離は、一向に縮まらなかった。

授業中には先生に当てられても恥をかかないように、日々予習復習を欠かさないように臨んでいた。

お陰で、家ではおかんとおとんから感心されるようになった。

動機は、ただひたすらに藤本理香さんへの恋心だけという不純？　なものだった。

でも、毎日同じ教室で斜め後ろから彼女を眺めていられることが、幸せだった。

清楚でいつも制服を清潔にきちんと着こなしている。

紺の制服がよく似合う。

彼女の持ち物がすべて清楚に見える。

彼女の座っている教室の椅子や机までもが、教室で一番輝いて見える。

休憩時間には、クラスの女子２～３人で、いつも笑顔で会話をしている。

クラスの班は、６班あって彼女は２班で俺は５班だ。

掃除も班単位で行っているので、彼女とは別々の掃除箇所だ。

２班の女たらしの磯山が、彼女といやによくしゃべっているのが気にかかる。

磯山は、いつもヘアスタイルを気にして、制服の胸ポケットには絶えず櫛を入れている。はっきり言って、磯山はプレイボーイだ！

『磯山よ、藤本さんに近寄るな！』といつも心の中で叫んでいた。

磯山は、物事をいつも斜めから見ているような奴で、しかも屁理屈の多い奴だ。

なんとなくいけ好かない奴だ。

そんな奴には、やはりよく似た性格の連中が集まるもので、磯山、中村と4組の出島がよく連んでいる。

どうも噂では、磯山が藤本さんに告ったらしい。

うー！　もう腹立つ！

先を越された。

俺はひたすら、席の後ろから眺めているだけ……。（情けない）

磯山は、ブラスバンド部に所属し、音楽……楽器演奏が得意らしい。

（もう腹立つわー！）あんな奴に藤本さんを取られてたまるか！

俺は、夏の地区大会に向けて2、3年生が活躍できるよう1年生として球拾いに頑張っている毎日だ。

でも、中学生の時から3年間野球部で地道に活動してきているので、そこそこ2、3年生の下手くそな先輩より俺の方が、うまい。

（俺も磯山のような、いやな奴だろうか？）

そんな野球部の練習をしながら、女子テニス部の藤本さんの姿をいつも探している。

校庭の端っこに造られているテニスコートは、防球フェンスに囲まれ3面がある。

テニスコートの中で、同じような白いスコート姿の30～40人の女子部員から藤本さんを見つけ出すのは、容易なことではない。

ましてや本業の野球部の練習中に、そちらの方ばかり注視する訳にもいかない。

そんなことをしているとエラーはするし、ボールが体にまともに当たってきたこともあった。

夏まで、とりあえず大きくは甲子園をめざして3年生最後の夏を3年生は必死で練習している。

受験勉強もあるのに、なかなか3年生になると大変だ。

野球部の監督は、高校・大学と野球部に入っていたという数学の大石先生だ。

数学というだけあって、大石先生は数学的にデータと理論と自身の経験から野球の指示と作戦がなかなか優れていた。

本校の野球部は、大石先生が7年前に監督に就任して以来もう3度も地区優勝を果たしている。

第4章　雨の日の出来事

彼女とラッキーにも会話をする機会を得た。

それは、5月も終わりに近づいた頃の雨の日だった。

その日は、昼すぎから急に本降りの雨になり、部活の練習も屋根のある渡り廊下や校舎内の廊下で柔軟運動しかできなかった。

体育館は、バスケット部やバレーボール部が使っていて、野球部やテニス部には幸運にも割り当てられなかった。

野球部の練習が終わり、下校しようと学校の正面玄関に来た時、偶然にも藤本理香さんもテニス部の練習が終わり、反対側の廊下から玄関に出てきた。

俺は、ドキッとした。

彼女も俺を見るなり、さわやかな微笑みを浮かべ、軽く会釈をしてくれた。

今まで、中学校の時から彼女とは、まともに会話もしたことがなかったのに……。

俺も思わず、ぎこちなくペコリと頭を下げた。

ちょうど校舎の玄関出口で2人だけが、帰るかたちになった。

しかも、しかも……彼女は、「あら！　まだ雨が降っていたのね……」

俺は、たまたま折りたたみ傘を先週からカバンの中に入れっぱなしにしていただけだった。

俺は、緊張しまくっていた。

胸がドクンドクンと息苦しい。

俺は「あっあああっ……僕っ……。傘を持っているからいっしょに入りますか?!……」となんとあの彼女に言ってしまった。

もう舞い上がる気分だった。

彼女も恥ずかしそうに「えっ?!……。いいですか……」

お互いに同じ中学校の校区だったので、もちろん！　もちろん！　帰る方向も同じで、同じ駅から電車に乗り、同じ駅で降りる。

神様、仏様こんなことってあるんですね………。

どうも有難うございます。

その日は、他の1年生の友達もラッキーなことに部活や塾やなんやかんやと顔を合わせることもなかった。

しかし、俺は緊張しすぎて、次の会話にならない。

俺は黒い1本の傘をさし、玄関に立っている彼女に恥ずかしそうに「どうぞ」と震えそうな声で、傘に誘った。

彼女の歩くペースに合わせてあげよう、彼女が濡れないようにしっかり傘を着せてあげよう。と俺は必死だった。俺の心臓は高鳴り、今にも破裂しそうだった。

俺の脚は、もつれそうだった。

2人とも無言で、どのくらい歩いたことか。

彼女は、そんな俺に気遣い、なんとか会話しようとしてくれているように思えた。

自分自身が何を感じ、何を思っているのかさえ分からない状態で、頭の中が真っ白になっていた。

自分自身が、ただ、ドキドキしていることだけは充分わかった。

「天気予報では、雨は降らないって言っていたから、傘は持ってこなかったんです」

「そうですね。今日は曇りで雨は降らない予報でしたね」

「松原君って、傘を持ってて用意がいいんですね」

俺は、もう嬉しくて嬉しくて……幸せだった。

「ええ……。いや……あのー。実は、先週の試合の時、雨が降っていてそのまま折りたたみ傘をカバンに入れっぱなしにしていただけなんです」

彼女は「えっ……。そうなんですか」

俺は、彼女の心の中で、用意のいい男と思われたのに、馬鹿正直に本当のことを言ってしまったと、すぐに後悔した。

「松原君は、野球部に入部したんですね」

俺が野球部に入部したことまで、知ってくれている。

雨の日
セール
本
屋
さん

「ええ、そうなんです」

「松原君は、中学校の時も確か野球部でしたね」

と彼女がいつもの可愛い声で言い、可愛く微笑んだ。

なんという可愛い子だ。

「すごいですねー」

えっ!!! 彼女は俺が中学校時代、野球部だったことを知ってくれている。

はっずかしいー。中学時代は、ライトの補欠であんまりパッとしなかったのに……。

彼女はそれを見ていたんだ、知っていたんだー。

「いやーまぁー……、あんまり上手くなかったですけどね。藤本さんも中学校の時、テニス部でしたね」

「えっ？ 知っていたんですか？」

「はい……」

夢のようだった、本当にほんとうに彼女と2人きりで1つの傘に入っている。

彼女の横顔も声も彼女の仕草もすべて素敵だ。

僕は、もう有頂天になってしまった。

緊張して僕の脚がもつれて、しっかり歩くことができていなかったように思う。

いつも1人で歩くか、男ばかりで歩く駅までの15分の道のりが、あっという間だった。

3往復ぐらいしたい気分だった。

駅から同じ電車に乗った。

駅のホームでも電車がすぐに来てしまった。

電車の乗客は、いっぱいではなかったが座席は空いてなかったので、2人とも吊革を持って立った。

電車の中でも緊張して次の会話が出てこない。

とうとう降りる駅についてしまった。

改札を出なければならない。

駅からは帰る方向が違うので、駅を出るとお別れになってしまう。

「あらっ。雨もちょうど止んだみたいですね。今日はどうもありがとう。それじゃさようなら」

雨も止んだ。ええっ！　もっと降らんかいっ！

家まで送って行くのに……くそっ！　と心の中で叫んでいた。

「あっ、いえいえ、それじゃ。さようならっ……」

俺は彼女と別れた後、満足感やら嬉しさやら……彼女と同じ傘の中で会話できたこと、彼女が俺のことを知ってくれていたことを俺の頭の中で何度も何度も繰り返しながら、俺の頭の中をグルグルぐるぐる回っていた。

とてもとても幸せな気分だった。

たぶん、その時の俺の顔は1人でニヤニヤし、すれ違う他人は変な高校生が歩いているとしか思わなかっただろう。

どこをどう歩いて家に帰ったか、まるで覚えていなかったが、とにかく家に到着した。

「ただいま」

「おかえり」と台所の方からおかんの声が聞こえてきた。

俺のただいまの声は、いつもの低い声ではなく、自分でも制御不能な程の、無理に抑え込もうとする上ずった声だった。

俺は、俺の初恋のトキメキを、おかんに悟られまいと必死に声を抑え込もうとしていた。

俺は、いつの間にか自分の部屋で、彼女との会話を繰り返しながら1人微笑んでいた。

俺は、自分の部屋に帰っても、幸せいっぱいの気分だった。

第5章　林間学校のキャンプファイヤー

1年生は7月中旬にクラスづくり、人間関係づくりを主眼においた宿泊行事として長野県への林間学校が2泊3日で行われる。

1日目は、学校から観光バス8台を連ねて名神高速道路から中央自動車道を通り、長野県の安曇村へと入る。

その日のスケジュールは入浴後、宿舎の大広間で夕食を取り、宿舎からゾロゾロと歩いて今夜のメインイベントを行うファイヤー場へと向かった。

入浴後の心地良さと宿舎のおいしい夕食の満足感で、だれもがサッパリとした爽やかな表情をしていた。

生徒たちは、ほとんど男女共、ジーンズで上は様々な私服を着ていた。

小高い高原の白樺林を抜けたところに草原があり、遠くまで見晴らしの利く場所にキャンプファイヤー場があった。

西の空は茜色に染まり、心地良いそよかぜが俺たちを包んでくれた。

周囲360度に遠くの山々が連なり、東にはコバルトブルーのグラデーションの空が広がっていた。

コバルトブルーの空には、美しい星が輝きはじめていた。

ファイヤー場では、真ん中にファイヤーの薪が井桁に積み上げてあった。

この井桁を中心に、ファイヤー場の奥の方からクラス順に地面に腰を下ろしていく。

1組から8組まで約340人が入場したところで、今回の宿泊研修のために各クラスから4名ずつ選出されたスタッフが、ファイヤーセレモニーの進行をしていく。

この頃には、西の空は陽が沈み、うっすらと茜色に染まり、人の顔が判別できないくらいに宵闇が迫ってきていた。

ファイヤーへの点火の儀式は、選出されたスタッフの1人が、大きな人の円の背後からオリンピックの聖火トーチのように小走りにトーチの火を運んできた。

真ん中の井桁にファイヤーが点火され、大きく中心で炎を上げて、高校のキャンプファイヤーが始まった。

大きな輪になっている人の顔が、炎に照らし出される。

各クラスのスタンツ（出し物）が、始まった。

3組は3番目で、クラス全員でフォークソング2曲と部活動をテーマにした喜劇スタンツを行った。

なかなか他のクラスからの評判は良かったようだ。

始まってから1時間も経過した頃、もうファイヤーを囲んでいる我々の頭上には、満天の星が、それはそれは美しく輝き始めていた。

同じ3組の女子グループ集団の中に、ファイヤーの火で赤く照らされた藤本さんの可愛い顔を、俺はファイヤーが始まった時からチラチラと見ていた。

ファイヤーもたけなわ、340人がそのスタンツの宴に盛り上がってきた頃、他のクラスや部活動の仲間や友人が交流を始めた。

すると、なんとなく彼女の近くにいた。

そして、なんとなく2人で、ファイヤーを中心とした人垣から離れ、2人で草原に腰を下ろし、星空を眺めていた。

辺りは、もうすっかり暗くなり澄み切った夜空一面に満天の星が輝いていた。

都会では、こんなにたくさんのきれいな星を見ることはできない。

星が手に届きそうなぐらいに近く、そして、こんなにも幻想的に星を眺めることができた。

晴れた夜空に〝天の川〟が夜空の中央に流れ、その〝天の川〟の中を〝はくちょう座〟が飛んでいる。

健二は、夜空の銀河を指さし「あれが天の川だねー」とあまりの夜空の美しさに息を飲むように呟いた。

はくちょう座の尻尾に〝デネブ〟が一際明るく輝いている。

夏の大三角のデネブ・アルタイル・アークトゥルスが、クッキリと輝き、きれいな図形を見せていた。

「ほんとに星がきれいですね」

「カシオペアが、あれですね」と理香さんが透き通るような優しさで囁いた。

２人共、満天の美しい星々に見とれて溜息が出るだけだった。

そして、なんとなく彼女と口づけをしていた。

とても、夢のような気分だった。

２人に言葉は、要らなかった。

彼女も松原のことが、好きだったのだ。

何組かのカップルが、同じように草原に座り、星を眺めていた。

宿泊研修から戻り、通常の学校生活が始まった。

長野から帰ってもしばらくは、夢のような心もちだった。

毎日毎日、学校へ行くのが楽しくてしかたがなかった。

彼女に会えるのが、何より嬉しかった。

そんな松原は、クラスの中でいつも失敗をして恥をかかないように振る舞っていた。

学習もテストも学級会の発言も、いつも常にいわゆる〝いいカッコ〟カッコ良く振る舞っていたのだ。

部活動の野球部でも地区大会の勝利をめざして、１年生部員として懸命に頑張っていた。

第6章　靴箱の手紙

　2学期が始まって間もないある日、部活動を終えて帰ろうと靴箱の蓋をあけると、なにやらウグイス色の封筒が入っていた。

ドキッとして手にすると、自分の名前が書かれてあった。

封筒の裏には、同じクラスの中原和代さんの名前が書いてあった。

えっ！　と思い、とっさに辺りを見渡し、すぐにカバンの中へ仕舞い込んだ。

家《うち》に帰って、自分の部屋でゆっくり読もう。

帰りの道中、胸がドキドキワクワクしてとても落ち着かなかった。

早く電車は走ってくれないかなぁ。

歩く時は、ほぼ駆け足か速歩の状態だったと思う。

「ただいま」と玄関を素早くあけると奥の台所の方からおかんの「おかえり」と声が聞こえる。

すぐに2階の自分の部屋へ駆け上がった。

服も着替えず机に向かい、カバンからウグイス色の封筒を真っ先に取り出した。

机の引き出しからハサミを取り出し、封を切る。

何が書いてあるのか、期待と不安が入り混じったトキメキの瞬間だった。

『突然のお手紙、ごめんなさい。

実は、松原君のことが好きです。毎日、教室で会っているのですが、とても言い出す勇気がなく毎日悩んでいました。そして勇気を出して、こんなお手紙を書いてしまいました。

私の純粋な気持ちを松原君にお伝えしたかったのです。

明日から松原君に学校で会うのが、こわいです。私とお付き合いをしてもらえないでしょうか？

是非お願いします。　　　　中原和代』

正直、中原さんも明るく真面目なそして個性的な魅力のある女子生徒だ。

こんな手紙を中原さんからもらって、決して悪い気はしない。

いつの間にか、藤本さんと中原さんの2人を思う気持ちに悩み始めている自分がいた。

次の日、登校するのが楽しみなような恥ずかしいような、なんだか罪深いような複雑な気持ちだった。

中原さんと顔を合わすのが、恥ずかしかった。

たぶん彼女は、もっと俺と顔を合わすのがつらいだろうなあと思った。

登校して教室前の廊下で、藤本さんに出会った「おはよう」「おはよう」と挨拶を交わしたが、なんとなく俺は後ろめたいような心持ちであった。

中原さんは、俺が教室に入り、俺が席に着いてから5分ぐらいしてから登校してきた。

男同士で教室の後ろの方で、グラウンドが見下ろせる窓辺りに3～4人が固まってしゃべっていた。

俺の席が、窓際の後ろなので自分の席に後ろ向きに座ったまま、男たちの話に参加していた。

俺は、話に参加しながら中原さんの様子を窺っていた。

彼女もなんとなく俺と顔を合わせないように女子生徒のグループで、教室の中程でしゃべっていた。

そして、授業が始まり、午前中の授業は4時間目まであったが、結局、中原さんとは視線を合わせることはなかった。

昼食の弁当も男女別のグループ同士で食べている。

昼食を食べ終わり、休憩時間に校庭の木陰のベンチになんとなく1人で腰を下ろした。

9月とは言え、まだまだ夏の暑さは衰えを見せず、木陰のベンチが涼のオアシスを与えてくれていた。

この高校は、校庭も広く、グラウンドの南西の端に木陰があり、ベンチがところどころに7脚程設置されていた。

そこは、男女を問わず、グループや個人でも読書やおしゃべりができるキャンパススペースである。

そのベンチの1つに健二は、孤独を求めて来たのだ。

するとし、しばらくして人目を気にするような感じで中原さんがやってきた。

健二は、胸が高鳴って、彼女がどんな言葉を発するか容易に想像ができた。

彼女は、健二の前に立ち「あのーお手紙ごめんなさい」と言って、ペコリと頭を下げた。

「あっ！　いや、あっ……」と訳の分からないような応答をした。

「お付き合いをしてくれませんか？」と彼女は続けた。

「あっ！……はい」とまた、なんとなく中途半端な言葉が口から出てしまった。

彼女は「ありがとうございます」と言って、またペコリと頭を軽く下げて、今来た校舎の方へ走って行った。

ああどうしよう。

中原さんも可愛い子だし、ましてや彼女の方から告白されたら、男心としてもかなり好意を、もたざるを得なくなってきた。

藤本さんのことももちろん好きだし、中原さんのことも正直好意をもち始めている。

健二の眼に映るものは、校舎もグラウンドも校庭の草木もすべてが、美しくときめいて見えるのでした。

でも、どうしよう？

そこへ、同じクラスの男たち３人が健二の座っているベンチにやって来た。

「おい、松原、１人で淋しそうじゃないか！」

「１人で青春してるのか？」

「そうや。彼女が欲しいなぁ」と思っていたんや。
ベンチを囲んで、男子生徒４人が女子生徒の評価談義を始めた。

第7章　初めてのデート

野球部のきつい練習を終えて、帰宅しようとスパイクから通学用の靴に履き替えようと下足室の靴箱を開けると、中に前と同じウグイス色の封筒が入っていた。

ドキッとしたが、やはりうれしいものだ。

一緒に帰ろうとしていた野球部の同じ1年生の加藤や堀井に見られないよう、急いで封筒をカバンの中に仕舞い込んだ。

何が書いてあるのだろう、早く帰って読みたいなあ―。

帰り道の加藤や堀井との会話も、もう全然頭に入ってこなかった。

「おい！　松原、急になにをニヤニヤした顔をしてるんや！　気持ち悪い奴やなあ！」

加藤と堀井は、自分たちと同じように、先程まで野球部の練習で疲れ切った顔をしていた松原が下足室から出た途端、急に、ニヤケているのに戸惑っていた。

とにかくこの2人と別れて、早く家にたどり着きたかった。

そして、カバンの中に仕舞い込んだ封筒を早く開封して、手紙を読みたかった。

家に帰り着き「ただいま！」と叫ぶと素早く2階の自分の部屋に駆け込んだ。

制服も着替えないで、カバンから封筒を取り出すなり、机に向かいハサミでウグイス色の封筒を開封した。

薄い花柄の便箋に『今度の日曜日、デートしてください。中原』とあった。

『日曜日の午前10時に阪急梅田駅近くの本屋さん前で待っています』

今日は木曜日、早く日曜日がこないかなあー！

藤本さんが本命なんだけど、まあ中原さんも可愛いし、この際、とにかくデートは初めてなので、しかも女子から誘われたら悪い気がしない。

そして、日曜日の朝、昨夜は興奮してなかなか眠れなかった。

手をつなぐ方がいいのかな？　とか、どんな会話をしようかな？　とかどの服を着て行こうかな？　とか考えているとあまり眠れなかった。

オカンには、「今日は野球部の加藤たちと遊びに行く約束をしたから出かけてくる」と言っておいた。

10時少し前に梅田駅近くの本屋さん前に着くと、中原さんはすでに来ていた。

普段、学校で見慣れている制服姿とは、まるで違った大学生のような大人の雰囲気を秘めた若い女性を感じさせた。

俺の心臓は、激しく波打ってドキドキが高まった。

(俺は頭の中で、落ち着け落ち着けと繰り返し呟いた)

「おはよう。ごめんなさいね。今日は来てくれて有難う」と彼女はペコリと頭をさげた。

「おはよう。待たせてごめん」

「ううん。まだ約束の時間の10分前よ。早く来てくれたのね」

着かず離れずの距離をお互いに意識して、はにかんだぎこちない会話が始まった。

「松原君、一緒に映画を見に行きません？」

「いいですよ」

そして、彼女の予定していた、今人気の青春映画だった。

さわやかな恋愛を描いたストーリーだった。

映画館から出るといつの間にか、2人とも手を繋いでいた。

彼女の手が、温かく少し汗ばんでいた。

俺の手も同じだった。

しかし、俺の心は、なんとなく複雑な思いを持っていた。

こんなところを藤本さんに目撃されたら……。

帰りがけに阪急三番街の喫茶店に入った。

彼女は、ショートケーキと紅茶を注文し、俺はコーヒーを注文した。

クラスの女の子の話や男子の話をしばらくして喫茶店を出た。

もう夕方近くになり、辺りは薄暗くなっていた。

そして、手を繋いで歩いてJR大阪駅に向かっていた。

人通りが切れてビルの物陰に差し掛かった時、彼女がいきなり強く健二の手を引き、キスをしてきた。

健二は、なんの抵抗もなく彼女とキスをしてしまった。

2人ともドキドキ心臓が高鳴っていた。

どれ程時間が経過したか、短かったような長かったような感覚だった。

それから2人は、手をつなぎ無言のまま駅に向かった。

彼女は、I駅で降り、俺は同じ電車でT駅まで乗って行く。

電車で2人は、座席が空いているにもかかわらず、吊革を持って立っていた。

あまり2人に会話はなかった。

そして、すっかり暗くなった車窓の外を流れていく街の灯りを無言で眺めていた。

I駅に着くと、2人は見つめ合い、お互いに小さな声で「また明日、さようなら」とだけ言って別れた。

中原さんとデートしてから学校では、中原さんと顔を合わせるのがなんとなく嬉しいような恥ずかしいような気持ちになった。そして、また2人の視線がよく合うようになった。

学校では視線が合う度に、2人は2人だけの秘密をもっている不思議な笑みを交わす、しあわせを感じていた。

これが『恋愛』なのかと、2人は高校生らしく純粋にしあわせであった。

健二の気持ちには、葛藤がない訳ではなかった。

中原さんとデートし、キスもしたことから健二の気持ちに中原さんもいいな、と思う気持ちが湧いてきた。

でも、やっぱり藤本理香がいい。

俺は、何という悪い男だ。

二股を掛けている。

自分だけしか知らないが、悪い男だ。

中原さんと大阪でデートしてから２～３日経った頃、藤本さんの態度がよそよそしく感じられるようになってきた。

廊下ですれ違っても、教室で目が合っても、視線をそらされるように感じるが、気の所為だろうか？

中原さんとデートしたことを藤本さんは、知っているのだろうか？

中原さんと映画を見に行き、帰り際にキスもしたのは事実なので、俺は本当に後ろめたい。

このところ、藤本さんの視線が怖い。

それから、１週間程して野球部の練習が終わり、野球部の堀井と加藤と駅まで一緒に歩いて帰っている時だった。

いきなり、堀井が「松原、おまえ中原さんとキスしたんか？」と尋ねてきた。

俺は、その一言で頭が真っ白になり、凍りついた。

俺は「……」歩きながら、思わず下を向いた。

しばらく、黙っていたが俺の口からついて出た言葉は「えっ！　誰に聞いた？」だった。

すると、隣を歩いていた加藤までが「やっぱり、噂は本当やったんか！」と続けた。

堀井は、俺が挑戦的な切り返しの言葉を発したので、少し狼狽えた様子だった。

「えっ、すごいなー！　うらやましいー！」と加藤が言う。

堀井も続けて「どうやった？」といやらしい質問をぶつけてきた。

俺は、「黙っといてくれよ！」とだけ言った。

そして俺は、そんな中原さんと2人だけしか知らない秘密を誰がバラしたのか、気になった。

キスをしているところを誰かに見られてしまったのか？

それとも……。

次の日、廊下ですれ違った中原さんの顔を見たが、なんとなくいつもの視線が合った時の2人だけの笑みが、彼女にはなかった。

彼女とすれ違う時、俺は幾分、怖い表情になっていたのかもしれない。

そして、その日の放課後、中原さんを校舎の裏へ呼び出した。

校舎の裏で待っていると、下を向いて彼女がやって来た。

「中原さん、僕とデートしたことを誰かに言いました？」

「そして、……キスしたことも、誰かに言った？」

彼女は俯いたまま、コックリと頭を下げた。

「ごめん……」

「なんか、噂になってるねー」と俺が言うと、

「うん、こんなに大きな噂になるとは思わなかったの」

続けて「同じ部活のブラスバンド部の上野さんに、言ってしまったの」

上野さんは、女子の間でもおしゃべりで少々有名な子だった。

それからというもの俺と中原さんとの仲は、急速に冷めていった。

廊下ですれ違っても、お互いに視線を外すようになっていった。

その後、中原さんは、１学年上でサッカー部の上田先輩と付き合っているという噂を聞いた。

実際、ある日の部活の帰り、中原さんと上田先輩が２人で駅に向かう姿に出会ってしまった。

20ｍぐらいの距離はあったが、中原さんが俺に気づいた様子で、お互いに気づかない振りをしていたが、なんとなく、彼女がばつが悪そうな表情をしていたように思う。

そして、俺と藤本さんとの距離もだんだん遠くなっていった。

もう、勉強と部活に打ち込もうと決心がついた。

第8章　意外な一面

10月のある日曜日の昼下がり、S市の商店街をぶらぶらと1人で歩いている時だった。

同じクラスのあまり好きになれない磯山が、小学生風の男児と女児を連れて、野菜や魚などの食料品を買って、荷物をたくさん持って歩いているのを遠目に目撃した。

小学生の子ども達は、磯山のことを「お兄ちゃん」と呼んでいたように思う。

磯山の意外な一面を、見てしまった。

さすがに、磯山に気づかれないように俺は離れて行った。

磯山には、弟や妹がいたんだ。

親はいないのか。

そんな疑問をもちながら、俺は帰宅した。

家に帰ってからも磯山の私生活が気になって、頭から離れなかった。

磯山は、案外いい奴かもしれない。

どこに住んでいるんだろう。

学校では、藤本さんに近づいてくるいやな奴としか俺の目には映らなかったので、しゃべりもしなかった。

イケメン
野菜店
人情屋鮮魚店
魚
たこ焼

向こうもそんな俺にしゃべってこなかったので、お互いの距離は全く離れたままでいた。

次の日の月曜日、学校で磯山としゃべるきっかけを探していた。

すると放課後のことだった、意外にも磯山の方から俺に近づいてきた。

そして、俺に話しかけてきた。

俺は、今までまともに磯山としゃべったことがなかったから、少しびっくりした。

何だろうという表情でいたと思う。

磯山の口から「最近、木村、よく学校を休んでるなあ、松原、何か木村から聞いてへんか？」と言ってきた。

意外な内容だった。

俺は「いや、特に聞いてへんけど」

続けて磯山は「いつも松原は、木村とよくしゃべっているようやったから……何か知ってへんかな？と思ってな」と言う。

そういえば、木村は、このところ2週間も休んでいた。

5～6人でしゃべっていた男たちは、特に木村のことも気にせずに、ほぼ自分のことだけを考えて生活していた。

磯山という奴は、えらい奴やなあーと内心感心した。

俺は磯山が言う程、木村と親しくしゃべっていた訳でもないが……。

どちらかというとあまりしゃべらない口数の少ない木村が、たまたま俺の席のすぐ後ろだったので、俺が多少なりとも話し掛けていたぐらいだ。

そんな木村のことを磯山は、気に掛けていたのだ。

次の日も木村は休んでいた。

昼休みに弁当を食べ終わり、天気も良かったので俺は校庭のベンチで、1人ボーッとしていた。

すると、磯山が俺の座っているベンチにやって来て、隣に座った。

昨日は木村のことを聞いてきたが、今日は何を言い出すのかと磯山の方にゆっくり顔を向けると
「俺と2人で、担任の吉野先生のところへ行って、木村のことを聞かないか？」と言う。

続けて「もし、君の都合が良ければ、今度の日曜の午後に木村の家へ行かへんか？」と尋ねてきた。

「ああ……いいよ」と俺は答えた。

内心では『何でそこまでせなあかんの！』と思っていたが。

そして、磯山と2人で職員室の吉野先生のところを訪ねた。

職員室の吉野先生は、ちょうど昼食の弁当を食べ終わったところだった。

先生は、職員室の自分の席に座ったまま、磯山と俺に気づき「おお、どうした？」

「木村君、最近よく休んでいますが、どうしたんですか？」と磯山が尋ねた。

すると吉野先生は、少し驚いた様子で「……ああ、そうか木村君の心配をしてくれてい

るんか……」

「学校へ来ていた時、木村君はクラスの中ではどんな感じや？」と吉野先生が学校での木村の様子を聞いてきた。

「俺の席のすぐ後ろやから（だから）、俺としゃべることが多いですがおとなしいですね」と俺は答えた。

磯山は、黙っていた。

しばらく間をおいて、「実はな、木村君は中学校の頃から不登校でな」

「中学1年生頃から、いじめに遭っていたようなんだ」

「中学校の先生から事情は、聞いていたんだがな」

俺たち2人は、無言のまま、先生の話を聞いていた。

「中学校時代は、ほとんど学校に行っていなかったようだ」

俺は、心の中で『え？　ああそうなんだ。……』と呟いていた。

磯山が、口を開いた「あ……。そうなんですか」

しばらく、先生も俺たちも沈黙した後、磯山が「俺と松原君で木村君の家に行ってもいいですか？」と言った。

俺は、内心『えっ！』と思ったが黙っていた。

先生は「えー？……うん」とうなずいた。

「行ってくれるか。先生も木村君が休みだして何度か家庭訪問をしたんだけどな、自分の部屋から顔を出さんのや」

「木村君の家に行っても、本人に会えてへんのや」

「木村君の家には、いつ行くつもりや？」

磯山が「今度の日曜日の午後に行こうと思います」と答えた。

そして、木村の住所と行き方の地図を、吉野先生が描いてくれた。

先生は、木村の親に2人が行くことを、電話で伝えておくと言っていた。

次の日曜日、木村の住所の最寄りである、JRのS駅で午後2時に磯山と待ち合わせた。

日曜日の午後2時という時間設定は、磯山が家族の朝食作りや後片付け、掃除洗濯と母親や弟妹の世話を済ませ、昼食の準備と後片付けを済ませてくることができる時刻だった。

この日は、朝からどんよりと曇った天気だった。

2人共、普段の学校での制服と違って、高校生らしいジーパンに長袖のトレーナーという私服姿だった。

木村の家を探しながら、今まであまりしゃべることがなかった磯山としっかりとしゃべることができた。

特に、俺は、藤本さんに磯山が〝告った〟と噂になっていることの真実を磯山本人から聞いてみたかった。

S駅から吉野先生に描いてもらった地図を磯山が持ち、駅前の商店街を抜けて北西方向に続く府道沿いの歩道を歩き始めた。

歩き始めてから少しして、今とばかりに磯山に藤本さんのことを聞くことにした。

なんと言って切り出そうかと思ったが、ストレートに言うことにした。

「磯山、クラスの藤本さんに〝告った〟と聞いたけど、〝告った〟んか？」

磯山は『えっ？』という表情で、いきなりの俺からの質問に少し驚いた様子を見せた。

「〝告った〟て好きやと言ったという意味やなあ」と磯山が確かめるように言った。

続けて「確かに藤本さんは、可愛くて好感のもてる女の子だけど、今の俺には、恋愛だのしている余裕がない。結論から言うと〝告って〟ないよ」

それを聞いて、俺は正直胸をなで下ろした。

「誰がそんな噂を立てているんや。まあ、ええけど」と磯山は、たたみかけた。

「松原は、藤本さんのことが好きなんか？」と逆に聞き返してきた。

しばらくおいて「そうやねん」と俺は答えた。

「そうか、藤本さんにはファンが多いなあー。同じクラスの加藤も好きやと言っていたで」

それを聞いて、内心穏やかでなくなってきた。

加藤の奴、俺には藤本さんに気がないようなことを言っておきながら、隅に置けない奴やなと思った。

いやな奴やと思っていたが、磯山はよく俺の話を聞いてくれた。

そして、俺が話し終わると、その話題に彼なりの感想や意見を言ってくれる。

こんなに話の分かる奴だとは、思わなかった。

そして、こんなにも懐の深い奴だとは思わなかった。

「どうして、木村のことをここまで気にするんや？」

「そら、おんなじクラスで、学校に来れない奴がいたら、ほっとけないやろ！」

俺は、今までそんなことを少しも考えたことはなかった。

俺は、自分のことで精一杯だったというより自分のことしか考えてこなかった。

磯山の考え方や優しさに感心させられた。

吉野先生に教えてもらった住所と地図を頼りに、S駅から歩いて30分〜40分程で木村の家を見つけることができた。

「ここだな、表札もある」磯山が言った。

木村の家は、閑静な住宅街にそんなに広くない庭付き一戸建て住宅だった。

門柱のすぐ横には、自家用車1台分のガレージがあり、地面は車のスペースだけコンクリートが敷かれ、波板の屋根がアルミサッシの柱で設置されていた。

しかし、車は親父さんが乗って出ているのか、ガレージに車はなかった。

この住宅街は、草地や空き地などが昔から点在していた一角を、住宅建売業者が15年ぐらい前に30戸程整地して売り出した地域であった。

門柱の玄関チャイムを磯山が押すと、すぐに木村の母親らしき女性が玄関から出てきた。

「こんにちは」俺と磯山は頭を下げて挨拶をした。

「こんにちは、磯山さんと松原さんね。

吉野先生から一昨日連絡がありました。わざわざ来てくださり有難うございます。さあどうぞ」と母親に招かれて、磯山に続いて俺も玄関の中へ入っていった。

「武司は、自分の部屋に閉じ籠もったまま出てこないんです」

俺たちを応対してくれたのは、母親だけだった。

俺は『親父さんはいないのかな？　家族は？　木村の兄弟姉妹はいないのかな？　日曜日なのに……』と心の中で思っていた。

玄関から入ると２畳程の土間があり、その先に綺麗に磨きの掛かった床板の３畳程の玄関ホールがあった。

「武司の部屋は、２階なんです。どうぞお上がりください」

俺たちは「失礼します」と言って玄関土間に靴を脱ぎ、俺は磯山に続き、玄関ホールに上がらせてもらった。

母親は、階段の下から２階を見上げて「武司、学校のお友達が来てくださったよ」と大きな声で叫んでいたが、２階からは、なんの反応もない。

「どうぞ、２階へお上がりください」と言って母親が先頭にたち、磯山、俺の順番に階段を上がりはじめた。

２階には部屋が３つあるようだったが、階段を上がって廊下を進み、突き当たりの部屋のドアを母親がノックした。

再び母親が「武司、お友達が来てくださったよぉ」とさっきよりも声のトーンを落として閉まっているドアの外から声を掛けていた。

しかし、中からは、やはり反応がない。

母親は俺たちを気の毒がり、とりあえず俺たちに茶菓子を用意するために階下へ下りて行った。

ドアの外から磯山が、「木村、居るか。磯山やで。松原と2人で来たで」とノックしながら呼びかけた。

すると、しばらくして「ああ」という声と物音が部屋の中から聞こえてきた。

磯山が「ドアを開けてくれや」というとしばらくして中からドアが開いた。

眠そうな顔に寝癖の付いた頭で、ジャージ姿の木村が顔を出してきた。

そして、2人を部屋に招き入れた。

部屋は6畳程で、ベッドと学習机とテレビとゲーム機があった。

散乱した本やゲームソフトや衣類で足の踏み場もない程であった。

木村が引き籠もっている生活の年輪のようなものを、この部屋全体に感じた。

足下の衣類や本類を押しのけて、3人が座る場所を確保してくれた。

なんとなく3人が、畳のその狭いスペースに、あぐらをかいて座り、しばらく沈黙が続いた。

木村は、来てくれた2人にすまなさそうな表情で、畳の一点を見つめていた。

その沈黙を破るように、磯山が「身体はどう?」と切り出した。

すると、木村は「うん、まあ、大丈夫だけど」とゆっくりと小さな声で答えた。

俺は、的確な言葉が見つからなかった。

磯山は、続けて「無理しなくていいよ」

「自分のペースで、学校へ来たらいいし、クラスの連中はいい奴らばっかりやからな」

「松原も友達のことをよく心配してくれるいい奴やしな（いい奴だからな）」

俺は、内心そんなにいい奴じゃないと思いつつ、なんだか磯山にもち上げられて、少し後ろめたい気がした。

俺は「俺たちのクラスには、悪い奴はいないから安心して学校へ来いよ」とはじめて口を開いた。

茶菓子を盆に入れて持ってきた母親が、部屋のドアをノックして入ってきた。

「磯山君、松原君、来てくれて有難う。ごめんなさいね」と盆を畳の上において頭を下げた。

母親は、2～3分俺たちと話した後、すぐに階下へ下りて行った。

俺は、さっきから気になっていた木村の兄弟姉妹のことを尋ねてみた。

すると、大学生の姉がいるそうだが、今日は大学のサークル活動で出かけているとのことだった。

親父さんは、商社の営業マンで今日は朝早くからゴルフに出かけているらしい。

俺たちは、クラスの女子のことや部活のこと、自分の私生活のことなど1時間ぐらいしゃべっていた。

俺は、木村に「毎日、家で何してんねん？」と尋ねた。

「……うん、ゲームとかパソコンでネットとか見たりしてんねん（している）」

木村は、少し間をおいて「俺、中学校1年生の時にクラスの奴らからいじめられてから学校に行くのがいやになったんや」と俺たちに不登校になった原因を少し、話してくれた。

俺と磯山は、学校で吉野先生から聞いていたが、初めて聞いたように木村の話に聞き入っていた。

「いじめられた原因は、俺は親父の仕事の関係で、広島から大阪に転校してきたんや」

「ところが無口な上に、広島弁で話していたら笑われて、大阪弁で話すことができない俺は、ますます無口で内向的になっていったんや」

「それで、クラスの誰一人として俺に話し掛けてくれる者もいなくて、学校へ行くのが怖くなったんや」

俺と磯山は、木村の顔を見つめながら、木村の話を黙って聞いていた。

学校に行けない木村に親が学力の心配をして、ほぼ毎日のように家庭教師をつけて学習させていたということだった。

その結果、高校に合格することができたということだった。

木村は、何とか内向的な性格を変えたいと悩んでいるとのことだ。

磯山は「ありのままの自分でいいじゃないか。でも人を思いやる気持ちも大切だと思うよ」と付け加えた。

木村は「その一歩を踏み出す勇気が出ないいんや」と今にも泣きそうな表情で、呟くような声で返してきた。

磯山は「今のクラスの連中を信じてやってくれ」と帰りがけに語りかけた。

そして帰り際、木村は自分の部屋から階下の玄関先まで下りてきて、母親と2人で俺たちを見送ってくれた。

俺は「木村、明日から学校へ来るかな……」と磯山に聞いてみた。

磯山は「……難しいかな……」と俯きながら小さく答えた。

俺は、本気で友達のことを心配している磯山という人間が、益々好きになっていた。

特に、木村としゃべっている中で相手の話を充分に聞いて、相手の気持ちをしっかり汲み取ろうとした受け答えに、同じ高校生として、いやそれ以上に人間として、尊敬の気持ちが俺の心の中に湧き起こっていた。

木村の家を出てからS駅に向かうまで、歩きながら磯山と2人でいろいろな話をすることができた。

自分の将来のことや、学校生活のことなど、そして磯山の家庭のことまで、踏み込んで聞いてしまった。

第9章　ヤングケアラー

磯山正和は、ヤングケアラーだった。

彼の父親は、Y市の小さな鉄工所に旋盤工として勤めていたが、そんなに給料は良くなかった。

毎月25日に鉄工所から支給される給料袋は、貰ったその日に父親が開封し、仕事の帰りがけに必ずと言っていい程、飲み屋に立ち寄っていた。

父親は、ほとんど毎日のように残業と称して、繁華街の飲み屋を同僚と飲み歩いていた。鉄工所の定時終業時刻は午後5時だったが、帰宅時刻は、ほぼ毎日午後9時から10時頃であった。

酔って帰った父親は、よく母親と何かしら揉めていることが多かった。

小学生だった磯山は、いったい何が原因で揉めているのか、よく分からなかった。

いつも母親が父親から怒鳴られたり、なじられたりしているようだった。

ある時は、母親は父親に頬を平手打ちに叩かれ、黙って泣いている姿も記憶に残っていた。

たぶん、夫婦喧嘩の原因は、ほとんどが経済的な理由だった。

父親は、家庭に入れる給料が少ないくせに「おまえのやりくりが下手なんや！」と言って、母親を怒鳴りつけていたように、小学生だった磯山は記憶していた。

母親は夫の給料だけでは、生活が苦しいために働きに出たかったが、子どもたちが幼いために勤めに出ることもできなかった。

近所から内職の仕事を探してきては、朝から晩まで作業をしていた。

内職の仕事では、僅かなお金を稼ぐのがやっとのことであった。

内職の仕事というのは、パイプ椅子に使うゴムのはみ出し部分をハサミで切り落とすというものだった。

1日300個できれば良い方だが、朝から夕方までやっているとハサミを持っている手が痛くなる。

母親は、そんな内職を毎日毎日続けていた。

正和が小学校の4年生に進級したばかりの5月はじめ頃のこと、母親が自転車で内職の製品を町工場へ届けに行く途中で、自動車にはねられてしまった。

はねた車は、無免許の高校生が運転する車だった。

その車には、交通事故の損害賠償責任保険が掛けられておらず、一切の保険に加入していなかった。

その車は、少年の不良仲間の兄貴が所有していた。

仲間の兄貴も、その車に乗って大阪市内をよく暴走していた。

その車は、車体も地面スレスレまで下げられ、マフラーも排気音が轟く程のものと交換されていた。

いわゆる改造車だったのだ。

自転車に乗った母親は、この改造車にかなりのスピードで後ろからはね飛ばされた。

救急車で、S市の病院へ搬送されたが脊髄を損傷し、骨盤骨折をしていた。

長時間に及ぶ手術の結果、一命を取り留めた。

3ヵ月の入院の後、退院してきたものの車椅子の状態だった。

加害少年の家庭も貧しくて、事故後、少年とその母親が謝罪に一度来ただけで、治療費も慰謝料も一切貰うことができなかった。

少年の家庭は母子家庭で、経済的にとても困窮していた。

正和の母親は、それ以後立って歩くことができなくなった。

さらに、後遺症のために、時たま激しい頭痛に悩まされた。

家事はおろか、自らの生活行動もままならなくなった。

加害少年宅に父親が、幾度も怒鳴り込むように出向いて行ったが、治療費すら払ってくれなかった。

父親が5回目に行った時、ようやく3万円のお金をくれただけだった。

それから、半年が過ぎても入院費や慰謝料を払ってくれることはなかった。

とうとう、諦めて父親も少年宅へ行かなくなった。

結局、病院への入院費は父親が、半年あまり掛かってようやく払った。

このような事態にも父親の酒癖は、改まることもなく、子どもたちへは理不尽な暴力や八つ当たりが激しくなっていった。

父親は、正和が小学4年生の秋頃から家には戻らなくなった。

その時、弟の慎治は6歳で、まだ小学校には上がっていなかった。

妹の明子は4歳で、幼稚園にも保育所にも行っていなかった。

長男の正和は、自分が家族を支えていかなくてはならないという底知れぬ不安と責任感を、小学生という小さな身体全体で受け止めなくてはならなかった。

小学4年生だった正和は、母親が以前やっていた内職を引き継ぎ、朝早くから夜遅くまで作業を行っていた。

母親は、最初は家の中でテーブルや壁に寄りかかり、自分でゆっくり歩くことはできたが、しだいにほぼ床や畳に手をつき四つん這い状態での移動しかできなくなっていた。

その生活のほとんどは、今まで何年も使用され、煎餅のように硬く薄くなった布団の上に横になったままの生活であった。

退院して以来一度も外出しなくなったし、車椅子と介護者が付かない限り、外出はできなかった。

車椅子は、やはり高価で購入することもできなかった。

そんなある土曜日の午後、玄関ブザーがなるので、いつものように正和が玄関に出た。

ドアを開けると、中年のおばちゃんが立っていた。

「こんにちは」

「はい、何でしょうか?」

「私、地域の民生委員をしている橋本といいますが」

続けて「実は、地域でいろいろな悩みを抱えておられるご家庭の、手助けになればという仕事をしています」

「ぼく、お母さんはおられますか?」

「はい……でも、身体が良くないので、出てこれませんが……」

「そうですか。じゃ、申し訳ないですが、少し上がらせてもらって、お話をさせて頂けないですか?」

「ちょっと母に聞いてきます」と言って正和は母親が寝ている横に来た。

「お母さん、民生委員の橋本さんという人が、お話がしたいと言って来られてるけど、ここまで上がってもらってもいい?」

布団でいつものように横になっていた母親は「えっ! うん、上がってもらって」と驚いたように言った。

そんなに広くないアパートだったので、母親が寝ている部屋から出ると、すぐ右のわずかな廊下が玄関に繋がっていた。

正和は玄関の入り口に戻って「どうぞ、お上がりください」と民生委員の橋本さんを、母親の寝ている部屋へ招き入れた。

母親は正和に手伝ってもらい、寝ていた布団の上に座らせてもらった。

「あっ、すみませんね。

寝ておられるところを申し訳ございません。

横になっておられるままで、結構ですのに……」

母親は乱れていた髪を手櫛でちょっとだけ直した。

「ご近所の方から『磯山さんのお家には、小さな子どもさんが３人おられて大変そう』というお話が私の耳に入りまして。

今、市役所や行政の方でも、いろいろと生活支援制度がありますので、そのお話をさせて頂きたいと思って、お邪魔させて頂いたんです。

よろしければ、少し立ち入ったお話を聞かせて頂いてもいいですか？」

「あ……はい」

民生委員の橋本さんは、家庭内のことを細かく聞いた。

そして、帰り際に「生活保護と児童扶養手当の申請手続きを進めますね」と言ってくれた。

なにやら、市役所の係で申請書に基づいて、審査が行われるとのことだ。

それから、橋本さんはちょくちょく磯山宅を訪れてきた。

生活保護と児童扶養手当が支給されることになった。

母親の身体障害者給付金の申請手続きも進めてくれた。

しかし、身体障害者給付金は、生活保護費が支給されることで受け取ることはできなかった。

わずかな生活保護費と児童扶養手当ではあったが、本当に有り難かった。

生活保護費と児童扶養手当が一家の生活を支えていた。

生活保護費が支給されることになって、内職の仕事をしなくてよくなったことは本当に助かった。

また、橋本さんが市役所に手続きをしてくれて、車椅子を貸与してもらえるようになった。

しかし、どういう訳か母親は、車椅子で外出しようとはしなかった。

子どもたちが、いくら外へ誘っても、母親は車椅子に乗ることはなかった。

母親として、幼い子どもたちに車椅子を押させること自体が、辛かったのだ。

今まで小学校の参観日や運動会には、母親は短時間でも来てくれたが、父親が来たことはなかった。

弟の慎治の小学校入学式には、親はだれもこなかった。

幸いにも、小学5年生の兄の正和が、上級生として弟の入学式に参列できた。

入学式ともなれば、ほとんどの新入生は真新しい洋服を着ていたが、弟の慎治は汚れたままの普段着を着てくることしかできなかった。

兄の正和は、式場で新入生の中に慎治の姿を見ると、惨めな気持ちになり涙が静かに頬を流れた。

俺が洗濯をするなり、もう少しましな服を探してやれば良かったと悔やまれた。

ほとんど寝たきり状態の母親と幼い兄弟妹3人、入浴するという生活作業もなかなか大変なことだった。

週に1回しか入浴しない時もあり、正和はクラスメートから『なんか、臭くないか？』と教室で言われたことがあった。

その時は『気の所為と違うか』となんとかクラスメートをごまかしたが、正和は自分で自分の体臭だと分かっていた。

それ以来、入浴という生活作業がどんなにしんどくても1日おきには必ず、自分も家族全員も風呂に入れることにした。

父親が家に戻らなくなった小学4年生の2学期から学校を休みがちであったが、それでも長男として一家を支え、弟妹たちに勉強を教えていかなくては、という強い思いで学校へ通っていた。

正和は、弟の慎治の勉強も見てやりながら、できるだけ弟を学校を休ませないように登校させていた。

妹の明子は、寝ている母親のそばで母親とおしゃべりしたり、1人お絵かきや人形遊びをして毎日を過ごしていた。

幼い明子は、母親は布団で横になっているものの、母親と一緒に過ごすことのできる生活に嬉しさも感じていた。

7歳の弟には妹の身の回りの世話を教え、5歳の妹もできるだけ自分のことは、自分でしようとするようにはなってきた。

母親の身の回りの世話は、正和が甲斐甲斐しくやっていた。

しかし、母親は小学生の男の子の正和に、自分の下着などの洗濯物を洗濯させることには抵抗感もあり、不自由な身体を押してなんとか済ませていた。

アパートの家賃は、月末に正和が大家さんのうちまで、支払いに行っていた。

正和は、一家の食事の準備と後片付け、そして弟妹の入浴と母親の世話を終えた後に、やっと自分の学習を進めることができるという過酷な日々を送っていた。

そうして2年が過ぎ、正和も小学校を卒業するまでになり、卒業式には母親は当然出席できなかった。

でも、小学2年生になっていた弟の慎治が、兄正和の卒業をしっかりと見守ってくれていた。

卒業式には、ほとんどの児童は卒業式のために新調した晴れやかな服を着ていたが、正和は家の押入れをかき回して、できるだけ良さそうな普段着を入念に洗濯し、自分でアイロンをしっかり掛けたものを着て行った。

4月になれば、妹明子の小学校の入学式がある。

正和は、弟慎治の入学式で慎治に着古した普段着で出席させたことを、本当に『すまない』と思っていたので、明子には入学式に相応しい服を買ってやろうと心に決めていた。そして、わずかな生活保護費を、明子の入学式に着て行く服のために少しずつ蓄えていた。

正和は、いよいよ明子の小学校入学式が、来月に迫った3月の日曜日に、明子を連れてデパートへ行くことにした。

「慎治、お兄ちゃんと明子は、ちょっと出かけてくるからお母さんの面倒とお留守番を頼むぞ」と正和は台所で、片付けものをしていた弟慎治に言った。

「うん、分かった」と食後の洗い物をしていた慎治が答えた。

慎治には、明日、明子の入学式の服を明子と2人で買いに行くことは、告げていた。

「お兄ちゃん、どこへ行くの？」

「今日は、明ちゃんの入学式のお洋服をお兄ちゃんと一緒に買いに行こう」

「えっ！　ほんと！　うれしい！」と明子は満面の笑みを浮かべて、跳び上がって喜んだ。

明子は本当に嬉しそうだった。

その明子の笑顔を見ていると、布団に横になっていた母親も台所で洗い物をしていた慎治も、そして正和も涙が出てきた。

「正和、すまないね」と母親は弱々しく言った。

続けて「正和、お金はあるの？」と母親が心配した。

「うん、去年から少しずつ貯めていたからね。心配ないよ」

明子は、小学校を卒業したばかりの兄正和に連れられて、デパートへと向かった。

デパートでは、ちょうど入学シーズンに向けて、新1年生をターゲットにしたフォーマルな服とランドセルを沢山、展示していた。

そこには、やはり入学式に着る服を買い求めに来ていた親子連れが、数組いた。

「明ちゃん、いいのを選んで」と兄の正和は隣で、兄と手を繋いでいる妹の明子に優しく言った。

すると、明子は嬉しそうに「いいの？」と正和の顔を覗き込んだ。

「うん、いいよ」

しばらく、展示されていた洋服を見て回った。

そして「これがいい」と、薄グレーを基調とした紺色のチェックの入った上品なスカートと上下がセットになった服を選んだ。

明子も幼いながら、家が貧乏であることは分かっていたので、値札の数字が読めたとは思えないが値段の手頃なものを選んでくれていた。

試着室で試着させてもらって、サイズもぴったりだったので、明子の選んだ服を箱に入れてもらった。

レジで支払いを済ませると、店員さんが洋服の箱に簡易なプラスチックの取っ手を付けてくれた。

店員さんは、優しく「はい」「有難うございました」と言って、お兄ちゃんの方に洋服箱を手渡した。

次にランドセルのコーナーへ行った。

正和はランドセルがこんなに高価なものだとは、知らなかった。

ポケットの財布の中を改めて確認した。

それを見ていた明子は、心配そうに「お兄ちゃん、大丈夫？　お金ある？」と尋ねてきた。

「うん…。大丈夫だよ」と小さな声で答えた。

そして、今度も明子は、ランドセルコーナーを一回りした後、「お兄ちゃん、ランドセルは買わなくていい」と言った。

「えっ！　じゃどうするの？」

「お家にある、前にお母さんが使っていた買い物袋で小学校へ行くから」と健気に言う。

「明ちゃん、大丈夫だよ、あんまり高いものは買えないけど、安い方だったら買えるから」

「本当！　じゃ選んでいい？」

「うん、いいよ」

明子は喜んで「これ、安いの？」と正和に尋ねながら、気にいったランドセルを2人で選んだ。

そして、なんとか洋服とランドセルを買って帰った。

家で留守番をしていた慎治と動けない母親の横で、早速、買ってきた洋服を着て見せると、母親は涙を流して喜んでくれた。

明子は、ランドセルも喜んで背負っていた。

「ほんと、すっかり、明ちゃんは1年生だねェー」と布団に横になったままの母親は、嬉し涙を流していた。

中学校の入学前の事前説明会があったが、自分以外は新年度入学の保護者が聞きに来ていた。

事前説明会に今度入学する予定の新1年生自らが、参加していたのは、正和だけだった。

まず、中学校入学に当たって、正和が心配したのは制服の新調のための出費であった。

すると、説明会の中に中学校を卒業した先輩たちが、制服を中学校に寄付するというシステムを、PTAがつくってくれているということだった。

正和は、事前説明会が終了すると、早速、説明を担当していた中学校の先生へ制服の譲り受けを申し出た。

正和は、家庭の事情を話し、親が説明会に参加できないことや、経済的に制服を購入することが難しいことを伝えた。

それを聞いた教師は、早速、リユースの制服がしまってある倉庫に案内してくれた。

そこには、着古した制服やセーラー服が多数、ハンガーで吊り下げられてあった。

「どれでも、良さそうな制服を選びなさい」と案内してくれた男の教師が言ってくれた。

どの制服も洗濯をした上で、中学校に寄付することがルールになっていたので、傷んだものもあったが、清潔に洗濯されたものばかりだった。

その中から比較的綺麗で、傷んでないものを1着選んだ。

「これをもらっていいですか？」

「まあ、中学生になったら、急に成長するからもう1着、今度は少し大きめのものを選びなさい」と教師は言ってくれた。

制服のズボンも同じように2着もらって、帰った。

これで、制服の心配がなくなったと正和は、本当に嬉しかった。

当然、中学校の入学式には、誰も来てくれるものはいなかった。

寝たきりの母親も3年目を迎える頃には、すっかり痩せ細り、体力もなくなってきていた。

そして、母親はほとんど動くことができなくなってきていた。

それまで自分の下着や衣類の洗濯は、男の子の正和にはさせたくないと、なんとか自分で洗濯機を回していた。

しかし、正和が中学校に入った頃から母親の下着や衣類も正和が洗濯をするようになっていた。

そんな兄正和の姿を見ていた弟妹たちは、自分の衣類は自分で洗濯するようになっていた。

母親の入浴は、1日おきに兄弟妹3人掛かりで入浴させていた。

母親の食事は登校前に正和が作って、母親の枕元に置いていた。

それでも、一番抵抗があったのは、母親の新しい下着や生理用品を買ってこなければならない時だった。

できるだけ自宅から離れたスーパーで、それを探し、そこの店員のおばちゃんに事情を話して、おばちゃんに買ってもらうことにした。

おばちゃんに話をするまで、相当の勇気が必要だった。

それ以来、母親の下着と生理用品は、そこのスーパーで買うようにした。

家庭でのそんな苦労があるが故に『自分はしっかり勉強して、りっぱにお金を稼げるようにならなければならない』という意識は強かった。

それだけに学校での授業には、人一倍集中していた。

そんな地道な努力に努力を重ねた上での進学校である北城高校への見事な合格であった。

第10章　俺の勘違い

磯山は、プレイボーイだと思っていたのは、俺の大きな勘違いだった。

磯山は、幼い頃から本当に母親や弟妹の世話をし、苦労をしてきただけに、女子たちの悩みに真剣に相談にのり、大人の目線から話を聞くことができていたのだ。

それを知ったのは、中原さんとデートした時だった。

「磯山君って本当に優しくて、苦労をしている人なのよ。

磯山君の家の近所に住んでいて、出身中学も同じだったから、私、磯山君のお家の事情をよく知っているの」と磯山の幼い頃からの苦労の事情をつぶさに聞くことができたのだ。

ブラスバンドに入部したのも、どうしても暗くなりがちな磯山の家庭の雰囲気を楽器演奏で明るくし、弟妹たちを元気づけようとしていたのだそうだ。

磯山は入学当初、トランペットの演奏にあこがれ、ブラスバンド部へ入部したが楽器の購入もできず、部費も払えないし、家事も熟さなければならなかった。

また、部員との付き合いにも、ある程度の小遣いも必要だった。

そんなことで、ひと月もしない内に退部したそうである。

ポケットに櫛を入れているのも、散髪代を出費しないために自分1人で自らの頭髪をカットしていたのだ。

母親も美容院へ行くことが難しいので、家の中で鏡越しに母親が指示する通りに、母親の髪もカットしていた。

弟妹の髪も兄である磯山がカットしていたのだ。

そう言えば、磯山は林間学校へも参加していなかった。

出費が必要な学校行事へは参加できなかった。

あの長野県のキャンプファイヤーの夜も経験していないし、美しかった夜空の星も見ることができなかったのだ。

それに引き換え、俺は家族に恵まれ、経済的な不自由もなく生活している。

僻みっぽく、磯山という人間を斜めから見ていた。

人間的にひねくれて、自分のことしか考えていなかったように思う。

俺は、なんて浅はかな人間なんだろう。

人への思いやりとか、優しさとか磯山に比べたら足下にも及ばない。


やはり木村は、磯山の言った通り、俺たち2人が家を訪ねた次の週の月曜日になっても姿を見せなかった。

俺は、磯山への誤解を抱いたことへの償いの意味を込めてと、磯山の大変な日常生活の時間を割いて、木村の心配をして先週来てくれたことを、どうしても木村に伝えたかったのだ。

次の週の日曜日の午前中に、俺1人で木村の家に行くことを吉野先生から連絡してもらった。

日曜日の午前10時過ぎに、俺1人で木村の家を訪ねた。

やはり、木村の家のガレージに車はなく、先週の日曜日と同じように玄関チャイムを鳴らすと、木村の母親が出てきた。

「こんにちは」

「こんにちは。松原さん、先週も来て頂いて、有難うございます」

木村の母親は、深々と松原に頭を下げた。

「どうぞ、お上がりください」

「お邪魔します」

母親は、階段の下から2階に向かって「武司、松原さんが来てくださったよ！」と大きな声で告げた。

先週と同じように、母親に続いて、2階の武司の部屋へと階段を上った。

武司の部屋のドアを、母親がトントンとノックをして「武司、松原さんが来てくださったよ」と言った。

返事はなかったが、母親は松原のために茶菓子を取りに階下へ下りて行った。

俺は「木村、起きてるか。ドアを開けてくれ」とドアをノックしながら言った。

すると、部屋の中でベッドから起き上がって、動くような物音がした。

木村は、先週と同じように寝癖のついた頭で、眠そうな顔で部屋のドアを少しだけ開けてくれた。

そして、先週と同じように衣類やゲームソフトなどが散らかった木村の部屋に通された。

「毎日、家に居ても退屈やろ」と俺は、話の切っ掛けを投げかけた。

「来てくれてありがとう」と木村は、申し訳なさそうに弱々しく言った。

「今日、俺が1人で来させてもらったのは、磯山の話を木村に聞いてもらいたかったからや」

木村は、怪訝そうな不思議な表情をした。

ガラクタを押しのけて作った部屋の真ん中の半畳程の畳のスペースに、木村と2人であぐらをかいて座り、話しはじめた。

階下から母親がお茶と茶菓子を盆に入れて、運んできた。

盆を座っている2人の真ん中に置いて「松原さん、どうぞ」と言って階下に下りて行った。

俺は、磯山の話を続けた。

「磯山は、お父さんがいなくて、お母さんが交通事故の後遺症で、寝たきりなんや」

「磯山が小学生の頃から、弟や妹の面倒をみて、母親の介護までしているんや」

「そんな磯山が、学校に来ていない木村の心配までしてくれているんやで」

それを聞いた途端、木村の顔色が急に変わった。

それまで覇気のない顔だったが、目の輝きがキラッと申し訳ないという表情に一変した。

そして、磯山が弟妹を連れて買い物をしている姿を見たことなどを、約1時間程木村に話した。

「磯山の家庭の事情を話してしまったが、この話は木村の心の奥に仕舞っておいてくれ。絶対に、磯山本人にも、勿論、第三者にもしゃべらないでくれ」と言って、俺は木村の家を出た。

木村は、次の月曜日から学校に来るようになった。

木村は、登校して1時間目の授業が始まるまでの間に、磯山と俺のところに来て、自分の家まで来てくれたことに礼を言って頭を下げた。

相変わらず、口数は少ないが表情は以前より幾分明るさを備えているように感じた。

そして、木村の表情には、何かしら決意のようなものが感じられた。

自分からクラスメートに話し掛けることも、少しずつ増えてきているようだった。

そんなある日の放課後、吉野先生に磯山と俺の2人が職員室前の廊下で呼び止められて、先生から「最近、木村君が登校するようになったのは君たち2人のお陰です。有難う」と言われた。

「一度不登校になった生徒は、親や教師がいくら、どんなことを言ってもなかなか学校に出てくるのが難しいのだが……」

「同じクラスの友達に、優しい言葉をかけてもらうのがいちばん心に響くのや」と吉野先生からえらく感謝された。

それから木村に少しずつ変化が出てきた。

年が明けて冬休み明けの3学期には、磯山と俺は木村が、また学校を休まないかと心配していたが、3学期の始業式にきっちりと登校してきたので、ほっとした。

それどころか、木村の方から俺や周りのクラスメートに、いろんな話を少しずつするようになっていった。

木村が登校するようになって2ヵ月程過ぎた頃、同じクラスの女子木下さんに誘われて、ボランティアサークルで活動をするようになっていた。

ボランティアサークルは、約20人程のメンバーがおり、男子生徒と女子生徒は、ちょうど半分ぐらいずつの人数で構成されていた。

ボランティアサークルの活動は、様々な家庭的な理由により、施設で生活している幼小中学生の子どもたちに紙芝居や遊び、家庭学習などの交流を通して、様々な支援活動を行っているサークルである。

また、老人福祉施設では、入所者の話し相手になったり、散歩の際の車椅子を押したり、手芸や工作の手伝いをしたりといった活動をしていた。

施設を訪問しては、自分たちで考えた自作自演の劇なども披露していて、なかなかの高評価を得ていた。

木村は、ボランティアサークルの活動をするようになってから、益々明るく人とのコミュニケーションが、取れるようになっていった。

第11章　高校2年生が始まった

早いもので、もう高校2年生が始まった。

1年生から2年生に進級する時にクラス替えが行われた。

藤本理香さんは、3組になり、俺は5組になってしまった。

う~残念!

もう悔しいやら残念やら、しかし、同じクラスになれる確率は8分の1だから仕方がない。

1年生の時に同じクラスになれただけでも、ラッキーと思わないといけない。

ああ……神様仏様。

中原和代さんは、2組だった。

磯山正和と木村武司は、俺と同じクラスの5組だった。

磯山、木村、俺の3人が同じクラスになっているのは、1年生の時の担任吉野先生が、クラス分け会議の時に不登校の木村を学校に来させることができた磯山と俺を指導上、同じクラスにするよう発言したと推測できる。

俺は、3人が同じクラスになったことを、大変良かったと喜んでいる。

磯山とも木村とも同じクラスでいたい。

勉強に部活動にそして、恋愛に……頑張ろう。

恋愛の方は中原さんとデートして、それが藤本理香さんにバレてしまって、理香さんとの仲は冷えてしまった。

廊下ですれ違っても、視線を合わせない。

俺もなんとなく罪の意識もあり、まともに理香さんの顔を見られなくなっていた。

彼女も俺と視線を合わせたくない感じだ。

う～ん、どうすればいいのだろう。

俺は、本当に理香さんが好きなのに、どうしようもない。

すべては、俺が二股を掛けて、中原和代さんとデートしたことが悪いのだ。

俺の馬鹿馬鹿ばか！

素直に、藤本理香さんに謝ろうかと考えたこともあった。

しかし、なかなか勇気がでない日々が、続いていた。

そうした悶々とした日々が続いていたが、頭の片隅に、こんなに早く2年生になってしまったら、大学受験もうかうかしていると、すぐやってくるという焦りもあった。

しかし、まだ、2年も先のことだし……。

とにかく、勉強と部活を頑張ろう！

後2ヵ月もすれば、待ちに待った北海道への修学旅行がある。

楽しいなあ……、嬉しいなあ……、飛行機に乗れる。

大好きな飛行機に乗れる。

授業では、クラスメートに、特に女子に『松原君って馬鹿ね』と言われないように、予習復習に我ながらよく頑張った。

それどころか『松原君って、勉強はよくできるし、野球部でも頑張っているし、スポーツ万能ね！　ステキ！』と女子に言わせたかった。

そして、藤本理香さんへも、女子たちのそんな高い評価が、さりげなく風のように流れて行くことを願っていた。

しかし、しかし現実はそんなに甘くはない。

勉強もそれなりに頑張っているが、なかなか難しくなってきた。

野球部もメチャメチャ上手い訳でもなく、それなりに毎日練習を休まずやっている。

生徒会活動に頑張ろうとする積極性も持ち合わせていない。

自己評価で、まあ、普通か並定食というところかなあー。

第12章　修学旅行

高校2年生の6月には、北海道への3泊4日の修学旅行が実施される。

修学旅行の行程は、
1日目は伊丹空港から飛行機で函館空港へ行き、観光バスで函館・白老・昭和新山・洞爺湖まで行く。

2日目は洞爺湖・富良野・層雲峡・阿寒湖まで行く。

3日目は阿寒湖・摩周湖。

4日目は摩周湖から釧路空港へ向かい、飛行機で伊丹空港まで帰ってくる。

明日から修学旅行という日、学校は午前中までの授業と修学旅行出発に際しての連絡や注意があった。

磯山は、経済的な理由と家庭の事情で修学旅行には、参加できないと本人が俺に教えてくれた。

俺は、何とも言えない心苦しさと磯山への同情心を抱いた。

修学旅行と言えば、高校生活の最高の思い出と楽しみの1つなのに、そんな思い出すら磯山は味わうことができない。

集合は、朝8時に伊丹空港の団体待合場所だ。

阪急電車の南茨木駅から大阪モノレールに乗り換えて、伊丹空港まで行く。

大きな旅行カバンを抱えた北城高校の生徒で、モノレールの車中はいっぱいになっていた。

俺は、同じクラスの山田と木村と3人で一緒の電車で伊丹まで行くことにしていた。

木村は、1年生の2学期後半から毎日登校するようになっていた。

やはり、あまり社交的ではなかったが、彼の真面目で地道な性格がクラスの中では、静かに評価されているように俺は感じた。

また、中学生の時にいじめに遭っていたということだが、北城高校の連中はというよりは、みんな高校生として成長して一人ひとりの人間を、人間的な面から評価し、見ることができていると思う。

木村も磯山が参加していないことに、大層残念がっていたし、気の毒がっていた。

そんな会話を前日に、廊下で俺と2人でした。

伊丹空港には、集合時刻の30分前に着いた。

もうすでに、大勢の北城高校の2年生と教師が集合場所に来ていた。

俺は、藤本理香の姿を探した。

まだ、来ていなかった。

すると、それから10分程して女子たち4～5人のグループで、藤本理香もやって来た。

俺は、理香の顔を遠くから確認して、ほっとした。

理香も大きなカバンを手に持ち、肩にはショルダーバッグを提げていた。

理香も健二の顔を遠くから確認したが、他の女子の手前、特に挨拶をしなかった。

中原和代の姿も健二は気にしていたが、昨年からすでに2人の関係は冷めていたので、お互いに無言のまま視線をそらすようになっていた。

校内でも普段から廊下をすれ違う時は、なんとなくバツが悪かった。

中原和代は、藤本理香とは別の女子グループ3～4人で、ほぼ同じ時刻にやって来た。

集合時刻通りに点呼と結団式が開始された。

俺は飛行機に乗るのは初めてで、嬉しくてワクワクしていた。

大規模の団体などでは、飛行機事故を懸念して分乗することも行われるが、諸事情で北城高校では大型機で参加生徒335人と引率教員18人の353人全員が、1つの飛行機に搭乗した。

機内の座席は、旅行前に学校で、くじ引きで決めていた。

クラス毎・班毎にエリアを区切って、座席は決まっていた。

俺は、初めての飛行機の窓際の席に行きたかったけれど、右の翼の近くの窓の席の隣、通路側だった。

隣は、本来なら同じクラスになって、理香に座って欲しかったが、男子の西野だった。

ちょっとばかし、がっかりだ。

西野は、いい奴だけど、よくしゃべる奴だ。

頭の回転が速くて面白い奴だ。

窓際に座った西野に、たまに席を替わってもらいながら眼下を眺めたが、やっぱり飛行機で空から地上を見るのは、最高の気分だ。

パイロットは、カッコイイしあこがれるけれど、俺は視力が悪い。

残念だけど、パイロットになることはできない。

隣の西野は、男子バレーボール部に入っていた。

クラスの女子のことやバレーボール部のことなど、本当によくしゃべって、いろいろと俺に教えてくれた。

あっという間に函館空港に到着した。

俺は飛行機に乗ったことも初めてだったし、北海道へ来たことも生まれて初めてだった。

俺の身体全体のテンションが、身体の内部から湧きあがってきた。

函館空港から出ると8台の観光バスが、待ってくれていた。

クラス毎に1台の観光バスに乗り込む。

バスの座席もクラスの班毎のエリアで分けて、エリアの中で班内くじ引きで決めていた。

バス座席では、バスの中ほどの左側窓際の席が、くじで俺の座席になっていた。

隣には、女子の井上さんが座ることになった。

俺は、女子には親切にしているので、（俺の心のどこかに、女子に好評価を得たいという気持ちが、あったことは否定できない）窓際の席と交替してあげた。

「北海道の景色は、きれいだから窓際と替わってあげるよ」

「あっ、ありがとうすみません」

バスに乗り込むと若い女性のガイドさんが、挨拶をして自己紹介を始めた。

バスガイドになって3年目だそうだ。

さすがバスガイドさん、おしゃべりが滑らかで嫌みがない。

天気も快晴、バスの旅も楽しい旅になりそうだ。

隣の井上さんとの会話も少しずつ慣れてきた。

井上さんは、ブラスバンド部に入っているそうだ。

「ブラスバンドで、楽器は何を演奏しているの？」と聞くと、

「クラリネットです」と、はにかむように答えてくれた。

井上さんは、クラスではおとなしい方で、真面目でよく気の付くさわやかタイプの女の子だと俺は評価している。

バスで、函館山麓に向かい、ロープウェイで函館山頂に登る。

空港から函館山まで、あっという間に着いた。

ロープウェイで、1組から順番に登っていった。

全員が登って降りてくるまで、なかなか時間がかかった。

快晴の函館湾と函館の街が、きれいに展望できた。

五稜郭を見学して、近くのレストランで、昼食を取った。

３５０人以上が、広いフロアーで食事をするとなかなか壮大である。

午後から白老町のアイヌ文化の展示施設を見学した。

そこでは、アイヌ民族特有の文化と歴史の奥深さを感じた。

バスの座席で隣同士になると、なんとなくお互いに、気を遣いながらも親しくなることができた。

おやつの交換をしたり、ガイドさんの観光案内にお互いに反応したり、学校の話をしたりで、井上さんの人間性の一面を少しだけ発見したように思った。

ガイドさんは、車窓から見える景色を、思い出したようにアナウンスしていた。

時折、高校生に流行の歌を披露したりと、なかなか高校生相手の上手なガイドさんだった。

１泊目の宿泊地は、有珠山や昭和新山が見える洞爺湖のホテルだ。

なかなか雄大で、洞爺湖と背景の山並みが青空に映え、とても美しい。

見学地では、絶えず藤本理香さんの姿を探しては、彼女と美しい景色を重ね合わせて、彼女と共に旅行をしている幸福感を味わうことができた。

次の日は、バス８台が富良野へと、ひたすら走った。

バスの中では、２日目のバス座席も班内エリアで、出発前にくじ引きで決められていた。

今日は、残念ながら、井上さんとは隣同士の座席にはならなかった。

隣には、男子の中村が座ってきた。

中村は体格が良くて、俺は少々窮屈な思いを今日1日しなければならなかった。

中村は柔道部に所属していて、なかなか男らしい丸太のような奴で、昨日までの井上さんとは大違いだった。

しかも、富良野までの移動時間が4時間以上かかるとか。

北海道の雄大な美しい自然を車窓に見ながら、丸太のような中村が隣にいては、ロマンも何もあったものではなかった。

まるで、北海道のヒグマが隣にいるような感覚だ。

そう考えると、北海道の自然にマッチした奴が隣に来てくれたと、自分だけの心の中で喜ぶことにした。

隣のヒグマとおやつの交換をしたが、俺がほとんどヒグマに餌を与えているようなものだった。

まあ、おやつぐらいで不満を言いたくはないけれど、バス座席が窮屈なのが、辛かった。

おまけに富良野と層雲峡までが、長い。

富良野高原を走っていると、大阪では見ることのできない雄大な北海道の大地を感じた。

富良野のラベンダー畑は、噂ではよく聞いていたけれど、黄色や紫のラベンダーが本当にきれいだった。

隣のクマゴローも「なかなかきれいやなー」と感心していた。

お菓子をボリボリ食べる身体のデカイだけの奴じゃなかったんやなあーと、俺の心の中だけで思うことにした。

富良野と層雲峡を見学した後、2日目のホテルは富良野だった。

ホテルは、男子生徒の部屋が3階で女子の部屋が4階と階毎に男女で分かれていた。

俺の部屋には、男子6人がいた。

夜遅くまで、クラスの女子がどうだの、何組の女子があぁだのとしゃべり通しで眠れなかった。

俺は、昼間のバスでのクマゴローの世話で疲れていたので、早々に寝たかった。

3日目のバス座席が気になった。

今日は、ラッキーなことに細身の女子の安藤さんだった。

クマゴローは、別の席になっていたが勝手なもので、別れてしまうとちょっと淋しい気もした。

安藤さんは、華奢な身体の割に、結構ズバズバとはっきりものを言う女の子だった。

おやつの交換をしても、結構食べる食べる、この細い身体のどこに入っていくのかと思う程、自分の持参したクッキーやらなんやらかんやら1人でボリボリと食っていた。

どうも俺は、動物園の飼育係の仕事に適しているのかと、錯覚する程だった。

部活動の話などしていると、野球部の辛い練習に少しでも話題が向くものなら「そんなにしんどいなら、辞めれば！」と一刀両断にされる。

あっさりした女の子だ。

安藤さんは、兄貴2人と末っ子の自分と3人兄妹だそうだ。

兄が2人もいる末っ子の一人娘というのは、こんな性格になるのかと勉強になった。

今日は、富良野から阿寒湖と摩周湖へ行く。

今日も北海道独特のすばらしい景色に、心が癒やされる。

遠くの大雪山系の山並みが、高校生の俺たちにすばらしい未来の夢と希望を、与えてくれたような気がした。

大自然の山の中に見えてきた阿寒湖と摩周湖が神秘的で、こんな北海道のすばらしい景色を、高校の修学旅行で見ることのできない磯山が、可哀相でならなかった。

木村と2人で、磯山へのお土産を買って帰ることにした。

北海道の土産として人気のあるお菓子と、アイヌの土産物店で買った木彫の人形を2人で買った。

今夜は、修学旅行最後の夜となるホテルへ向かった。

摩周湖に近い、景色のいいホテルだった。

3日目の夜ともなれば、さすがに部屋の連中は疲れが出てきたのか、布団に入るといびきがあちこちから聞こえてきたが、俺もいつの間にか眠っていた。

次の朝は、ぐっすり眠ったお陰で、早朝から目が覚めた。

朝食まで摩周湖湖畔を男ばかり5～6人で、早朝散歩に出かけた。

もうすでに、他のクラスの連中が何人もグループや個人やカップルで、散歩していた。

藤本理香さんは、女子4人のグループで湖畔を、前からゆっくりしたペースで歩いてきた。

俺は、自分自身の朝の寝ぼけ顔が気になって、視線をできるだけ合わさないように湖の方に向けていた。

そして、連れだって歩いている男連中とおしゃべりに夢中で、気づいていないような振りをして通りすぎた。

しかし、彼女には、しっかり気づかれただろうなあ。

朝食の後、バスに乗り込み、釧路空港へと向かった。

3泊4日の旅行の案内をしてくれたバスガイドさんが、我々と別れを惜しむように、感傷的なお別れの最後の車内アナウンスをしていた。

4日も一緒だったので、俺もなんだか少し涙が出そうになった。

バスを降りた時には、ガイドさんと握手する生徒がほとんどだった。

俺も若いバスガイドさんと、しっかり握手して別れた。

あ～ん、もう会うことがないだろうなぁ！

人の出会いと別れとは、こんなにも淋しいものか！

人生には、様々な出会いと別れがあるんだなぁと、考えた瞬間でもあった。

釧路空港から伊丹空港まで、また飛行機に乗れるので、ワクワクと嬉しくて俺は、テンションが上がった。

帰りの飛行機の席もクラスで、出発前にくじ引きで決めていた。

帰りは、ラッキーにも左の翼付近の窓際だった。

隣には、木村がくじで座っていた。

俺は、しっかりと窓に額を擦りつけて、上空から下界やら雲海を脳裏に焼き付けていた。

飛行機の旅は、最高だ。

木村は中学生の時に、家族で沖縄旅行をした際、飛行機で行ったそうだ。


修学旅行から帰ってきた次の日は、普段の登校時刻よりも1時間遅く、午前10時が登校時刻になっていた。

磯山は、休んでいた。

クラスのみんなが、修学旅行でのいい思い出に浸っている時に、修学旅行に参加できなかった自分の惨めな気持ちの置き場がなかったのだろう。

磯山のその気持ちは、痛い程よく分かった。

その次の日には、登校してきた。

「おはよう」と俺は磯山に声をかけた。

磯山も「おはよう」と返してきたが、やはり、なんとなく表情が冴えない。

そして、朝、授業が始まる前に、木村と俺で買ってきたお土産を磯山に渡した。

磯山の表情が、一遍に明るくなった。

本当に嬉しそうに、その土産を受け取ってくれた。

そして、その土産の袋を大事そうに、カバンに仕舞ってくれた。

磯山は、２人から貰った土産を家に持って帰り、弟妹と母親で美味しく感謝しながら味わっていた。

第13章　入院生活

高校2年生の7月に入り、我が野球部は、今年も地区大会で優勝し、府大会へ進む6校の中へ食い込むことができた。

3年生が主力で、2年生の中でも優れた者が数人エントリーされている。

俺も2年生の中でも、我ながらよく頑張って8番ライトのレギュラーを掴んでいた。

俺もホームランこそ、1本も打てなかったが、そこそこチャンスでヒットを打って貢献した。

しかし、ずば抜けて優れたプレーヤーではなかった。

鳴かず飛ばずの選手かなと自己評価をしている。

2回戦まで勝ち上がったが、最後の決勝で6対3で敗退してしまった。

3年生の部活動は、これで終わった。

3年生は引退し、今度は俺たち2年生が野球部を取り仕切るようになる。

やっと俺たち2年生の天下だ！

それから野球部は、来年度に向けて基礎練習から体力づくりと練習試合と、なかなかハードな夏休みの練習をしていた。

8月に入り、全国高校野球選手権大会が甲子園球場で開催され、盆過ぎには決勝戦も終わり、日本中が高校野球の盛り上がりから落ち着き始めた。

だんだんと陽が短くなってきた8月の終わり頃、部活動の練習をグラウンドで行っていた。

今季の夏の大会で、野球の試合は山場を越えた。

新キャプテンと副キャプテンを1年・2年の部員全員の投票で選ぶ。

なんと、俺は副キャプテンに選ばれた。

バンザーイ！

キャプテンには、堀井が選ばれた。

そして、来季に向けて基礎体力づくりと基礎練習を、これから行っていくのだ。

これから7ヵ月以上、地道な基礎練習が来季の結果として出てくるのだ。

夕焼けの中、長かった夏休みの終盤を迎え、なんとなく9月から2学期が始まるのを重苦しく感じながら野球部の筋トレをしている時だった。

2年生16人、1年生27人、計43人の野球部で来年4月に新入部員を迎えるまでの規模だ。

その日の練習メニューが、終盤あたりになった頃、6人ずつ砂場の横に設置された鉄棒で懸垂10回ずつを3セット行っていた。

俺は、最終組の7人の組で懸垂を終了した。

懸垂は、俺の得意とするところだ。

これで懸垂のメニューは全員が終了した時、よせばいいのに俺は野球部の副キャプテンに選ばれて、少々調子に乗っていたのかもしれない。

得意の大車輪を、グラウンドで部活動をしている皆さんに、披露しようという下心があったのかもしれない。

野球部以外にテニス部もグラウンドの隅のテニスコートで練習をしていた。

もちろん、藤本さんもテニス部の練習をしている。

お互いの部活の練習の最中に、他の部活の練習を見る程の余裕は、もちろんない。

でも、なんとなく俺は得意気に、大車輪をやってみせた。

が、2回転したところで宙を回っていた。

次の瞬間、砂場に落下し、右足に激痛が走った。

俺は、いったい何が起こったのか、その一瞬、理解ができなかった。

次に激痛の自分の右足を見て、自分の目を疑ったと同時に仰天した。

ユニホームのズボンが、真っ赤に染まり、骨の一部が向こう脛から飛び出していた。

頭の中が真っ白になった。

砂場の上で、右足を抱え込み、激痛で顔を蒼くして苦しんでいる俺を見た部員たちは、俺に駆け寄り「おい！　松原大丈夫か！」と集まってきた。

キャプテンが、1年生に職員室へ行って先生を呼んでこいと言う大きな声が聞こえてきたが、先生が来るまでが俺にとっては、本当に長い時間に感じられた。

救急

大石先生と保健の坂口先生が小走りにやって来た。

2人の先生が、状況を見るなり、これは救急車を呼んだ方がいいと言った。

俺は、大変なことになったと心臓が高鳴った。

坂口先生が職員室に戻り、救急車の手配と病院への連絡をしてくれた。

夏休み終盤の夕方5時過ぎということもあって、職員室に残っていた教師は少なかった。

校長と教頭もやって来た。

校長・教頭共に俺のそばにやって来て、鮮血に染まった俺の野球部のユニホームのズボンを見て、顔をしかめていた。

2人とも俺の怪我に至った状況を、大石先生に尋ねていた。

すると、グラウンドへ車を入れる時だけ開ける西門の鍵を、大石先生が開けに走った。

しばらくすると、ピーポーピーポーと赤色灯を点滅させた救急車が入ってきた。

それまで、練習に集中していたテニス部員たちまでが、救急車の止まった砂場の横にやってきて遠巻きに俺を見ていた。

あーカッコ悪い！　なんてことだ藤本さんも、この野次馬の中で見ているんだろうなあ。

と情けないやら痛いやら複雑な気持ちだった。

白衣の上着を着た救急隊員が3人やってきた。

そして、俺のユニホームのズボンをまくり、怪我の状況を観察した後、止血手当と仮副木を右足のすねに装着した後、担架に乗せ、さらにストレッチャーで救急車の中に乗せてくれた。

俺は、少し安堵したと同時に、これから病院でどんな痛い目に遭うんだろうという不安に襲われた。

大石先生が救急車に付き添ってくれた。

俺は、大阪市の総合病院に運ばれた。

早速、救急外来で止血手当ての後、右足のレントゲン撮影をされた。

しばらくして、大石先生と俺が診察室に呼ばれた。

そこには、先程の俺の右足のレントゲン写真が表示されていた。

俺は、失神しそうになった。

足の骨が、ポッキリと折れていた。

お医者さんの診断結果は、脛骨《ケイコツ》骨折と腓骨《ヒコツ》のヒビだった。

人間のスネ足には、2本の骨があることを初めて知った。

太い方の骨が脛骨で、それが完全骨折で皮膚の外まで突き出していた。

えらいことになってしまった。

学校から連絡を受けたオカンが、やがて病院にやってきた。

オカンは、かなり慌ててきた様子で、表情も心配が溢れんばかりの引きつった顔をして
俺の寝かされているベッドをのぞき込んできた。

親父は、職場が少々遠いために夜8時過ぎに病院へやって来た。

すでに緊急手術を母親の同意の下に行われていた。

手術は全身麻酔で行われた。

1ヵ月の入院が必要とのことだった。

とにかく、俺は今日から入院生活をすることになってしまった。

手術の麻酔が切れた頃からズキズキと一晩中右足が痛んだ。

俺が入院してから1週間もすると、学校では2学期が始まった。

2学期が始まって3日目の午後4時頃だった、昼間付き添ってくれていた母親が洗濯物を持って家に帰って行った。

俺は病院のベッドの上で、1人ぼんやりと学校のことを考えていたら、ひょっこりと藤本さんが病室の入り口から「失礼します」と小さな声で入ってきた。

病室は、入院患者6人の相部屋で、それぞれのベッドがカーテンで仕切られている。

俺の寝ているベッドは、病室の入り口のすぐ横にあった。

病室に入ってきた藤本さんとすぐに目と目が合った。

俺は、ドキッとするやら嬉しいやら恥ずかしいやら、やっぱり嬉しかった。

藤本さんは、お見舞いの簡単な花束とクッキーの箱を持ってきてくれた。

そして、学校の授業ノートのコピーを持ってきてくれた。

授業のことが気になっていただけに、本当に有り難かった。

とにかく、藤本理香さんが来てくれたことが、俺には一番嬉しかった。

病室には、午後の夕食までのこの時間帯に見舞客が、よく来ていた。

あの日の夕方、テニス部の練習をしていたら、救急車がグラウンドに入ってきたのでびっくりしたそうだ。

そりゃ、びっくりするだろう。

そして、救急車の方へ駆け寄って行くと松原君が砂場にうずくまっているので、また、びっくりしたそうだ。

心配しながら見守ってくれていたそうだ。

嬉しい、正直に嬉しい！

入院して足は激痛だけど、藤本さんが見舞いに来てくれてラッキーだった。

しばらく、入院していたくなった。

藤本さんは持ってきてくれたお花を、オカンが持ってきていたそんなに大きくないガラスの花瓶に飾ってくれた。

なんという優しい子だ。

それから、学校の帰りにほぼ毎日、藤本さんは授業ノートのコピーを持ってきてくれた。

コピー代を白い封筒に入れて、渡そうとしても受け取ってくれなかった。

たぶん彼女のお小遣いから出しているのだろう。

彼女は、いつも10～15分程して帰って行った。

毎日のように野球部員やらクラスの連中が、見舞いに来てくれた。

藤本さんと鉢合わせになることも、しばしばあったが彼女は彼らがやって来ると、さりげなく帰って行った。

狭い病室で、放課後時分にいつも2～3人見舞いに来てくれるが、ついつい大きな声での会話になるので、俺は他の入院患者さんにいつも気を遣っていた。

同学年の女子で来てくれるのは、藤本さんだけだった。

他の女子は、誰も来てくれなかった。

もちろん、以前付き合っていた中原さんも来てくれなかった。

教師は、担任と部活の顧問の大石先生が週に1回程度来てくれた。

磯山は頻繁に来れないことを詫びながらも、木村と2人で日曜日の午後には、必ず来てくれた。

ひと月程して退院したが当分の間、松葉杖での生活なので大変だった。

登校するのは、オカンがほぼ毎日、家の車で送り迎えをしてくれた。

ある時、オカンもオトンも仕事で、俺の帰りの迎えができない時があった。

そんな時は、悲惨で、荷物はナップサックに入れて背負っているが、やはり慣れない松葉杖が両方の俺の脇の下に食い込んでくる。

学校の階段の上り下りとトイレが大変だった。

そんな時、磯山と木村がいつも肩を貸してくれたり、助けてくれた。

本当にいい奴らだ。

ＪＲの駅は、最近はほとんどエレベーターが設置されているので、大変助かった。

バスの乗り降りには、大変苦労をした。

そんな時に手助けしてくれるのは、大阪のおばちゃんと若いお姉さんが多かった。

おばちゃんが手伝ってくれる時も、もちろん嬉しかったが、特に若いお姉さんが手伝ってくれる時は、もっと嬉しかった。

若いお姉さんが手伝ってくれる時は、特に歩きにくそうに、お姉さんの肩をお借りすることが多かったような気がする。

そんな時に遭遇すると、当分松葉杖生活もいいかなと思う時もあった。

みんなが優しくしてくれる。

退院してから2ヵ月が経過した頃の11月中旬に、松葉杖もとれて、なんとか自力で歩けるようになった。

こんなにも自分の脚だけで歩けることが、幸せなんだなあーとしみじみと感じた。

物凄い苦行から解放された気分だった。

松葉杖生活の時は、できるだけ階段を使わないように自分の行動を合理的に考えて動くようにしていた。

不自由な生活はこんなにも俺を成長させてくれた。

人の親切や優しさが見えた。

家族の有り難さが分かった。

今度の怪我で、学んだことが沢山あった。
ある意味、俺の人間的な成長のために、この松葉杖生活は良かった。
少々大げさかもしれないが、今後の俺の人生の生き方に影響を与えてくれると思う。

第14章　秋の図書室

放課後の野球部の練習には、勿論参加できないので1人、図書室で自主学習をする日々が続いた。

そんな秋の放課後のひととき、健二は、いつものように学校の図書室で、入院して後れを取った学習を取り戻そうと、勉強をしていた。

図書室は、中庭とグラウンドを窓から眺めることができる校舎の2階にある。

秋になれば、中庭の大きな銀杏の木がたくさんの黄色の葉っぱで覆われる。

また、楓が美しい紅葉を見せてくれる。

真っ青な空を背景にした木々たちの目の覚めるような鮮やかな原色が、高校生たちの青春の1ページを彩り、彼らの若さを称えているようであった。

高校の図書室は、蔵書も豊富で学習スペースもかなり広く、そこには学年を問わず30〜40人近くの生徒がゆったりとした雰囲気で、思い思いの学習や読書をすることができた。

女子生徒のグループや男子生徒のグループが、騒ぐこともなく落ち着いた会話を楽しんでいた。

そんな環境の中で、俺は数学の問題集に1人で取り組んでいた。

そこへ理香さんが、俺が学習している机の前にやって来た。

「やあ、松葉杖をついている時は、本当にお世話になりました。有難うございました。

また、入院中もいろいろとお見舞いに来てくれて、有り難かったです」

「ううん！　お世話だなんて、とんでもないです。大変でしたね！」

「いっしょに隣で学習してもいいですか？」

「ええ、もちろんです。どうぞ！」俺はシャーペンを持っている手を止めて、理香さんが座れるように俺の座っている椅子を少し左に寄せた。

理香さんは、図書室の大きな机を回り、俺の隣の椅子に座った。

そして自分のカバンから数学の問題集とペンケースを机の上に取り出した。

俺は、今までの学習の続きをすました顔で続けていた。

しかし、確実に心臓が鼓動を速めていた。

もう、この頃になると、周囲もなんとなく生徒同士何組かのカップルができていて、俺と藤本理香さんとのカップルは周知の事実となっていた。

窓の外では、晩秋の紅葉が鮮やかに染まり、そして、時折落ち葉がひらひらと舞っていた。

第15章　野球部はどうする

野球部の方は、3ヵ月休部して11月の末に参加した。

軽い練習だけをしたが、やはり3ヵ月のブランクは大きすぎた。

そして、受験勉強のこともあるので、とうとう退部届を顧問の大石先生の所へ出しに行く決意を固めた。

退部届は、12月のはじめ、昼休みの弁当を食べた後に、1人で出しに行った。

その日の弁当は、お袋がいつも入れてくれる美味しい弁当だったが、食べた後に退部届を提出しに行くと思うと、折角のお袋の弁当を美味しいと感じることができなかった。

退部届という所定の用紙はなく、便箋に退部届と書き、日付と名前と保護者の署名捺印、そして、退部の理由を書く体裁のものであった。

職員室の大石先生の座席の横に歩み寄り、封筒の表書きに退部届と書いた封筒を大石先生に差し出しながら「あのー退部したいんですが……」と言うと。

大石先生は座席に座ったまま、えっ？　と言うようなびっくりした表情だった。

「う～ん。そうか、怪我で入院して休部したからか？」

「はい、3ヵ月も休部したことは、ちょっと僕には辛かったです」

「おまけに、副キャプテンとしての責任も全く果たしていないし……」

「それに、もうそろそろ受験勉強に専念しようかと思いまして……」

大石先生は「ご両親は何ておっしゃってる?」

「退部して勉強に専念するようにと言っています」

「そうか、とりあえず退部届は、先生が預かっておく」

健二は、大石先生に頭を下げて「お世話になりました」と言って職員室から出て行った。

それから、放課後のグラウンドで野球部が練習しているのを、羨ましく横目に見ながら帰宅部として家に帰ることになった。

はじめのうちは、家に帰ってなんとなく勉強をしていたが、帰宅後もだらだらとテレビを見たりと決して、勉強する気持ちになれなかった。

部活動で練習をして帰宅していた頃の方が、むしろ学習に真剣に取り組んでいた。

高校2年生の2学期の終盤12月を迎えていた。

野球部は、冬場は筋トレと持久走の日々だった。

そろそろ北風が吹き始め、グラウンドでの筋トレにランニングはかなり寒そうであった。

退部届を出してから2週間が過ぎた頃、健二はもう一度、最後まで部活を続けようと考え直した。

そして、12月中旬にもう一度職員室の大石先生を訪ね、頭を下げて「もう一度、野球部を続けさせてください」と頼んだ。

大石先生は「そうか、それがいい。退部届は返すから勉強と部活と一生懸命に頑張れ！」と励ましてくれた。

それから、もう一度放課後に野球部に復帰して、筋トレと持久走という地道な練習に取り組み始めた。

野球部のみんなには、入院時のお礼と副キャプテンとしての責任を果たせていないことへのお詫びの言葉を、復帰の挨拶としてした。

2年生も後輩の1年生も、健二の復帰を温かく迎え入れてくれた。

同学年の2年生部員は「無理するなよ！」と優しい言葉を掛けてくれた。

第16章　進路選択

脚の怪我もほぼすっかり良くなり、歩行が普通にできるようになったのは、11月末頃だった。

高校2年生の2学期の進路学習の時間、担任の先生から高校卒業後の進路をどのように選択するのかという希望調査が行われた。

北城高校では、卒業生の99％が大学進学をする。

3年生のクラス分けから文科系大学志望者と理工学系大学志望者のクラス分けがされる。

文科系クラスが、1組から4組までの4クラス、理工学系クラスが、5組から8組までの4クラスである。

理工学系クラスでは、数学や物理、化学、生物などの領域に重点をおかれた内容を学習する。

文科系クラスでは、現代文、古典、日本史、世界史、倫理学などに重点をおかれた内容を学習する。

そして、卒業後は、文科系では文学部、経済学部、商学部、史学部、政経学部などの大学を受験する。

理工学系では工学部、理学部、医学部、薬学部、情報工学部などの大学を受験する。

俺は、なんとなく将来は工業関係の仕事に就きたいと考えていた。

藤本理香は、京都の大学の外国語学部をめざしていた。

2年生の3学期には、卒業後の進路を決めなければならない。

健二の兄貴は、昨年3月に大学の電子工学科を卒業して、大手の電機会社に就職し、エンジニアとして東京本社で働いていた。

姉貴は、大学法学部に現役で進み、現在は1回生に在学中であった。

将来は、弁護士になりたいそうだ。

立派な兄姉をもった弟は、なかなか大変であった。

親父は、昨年4月から商事会社の部長に就任していた。

おふくろは、相変わらずスーパーのレジ係の仕事をパートでしていた。

健二の親父は、大阪の大学の経済学部出身で、健二が進もうとしている工学関係には、まるで縁がなかったし、あまり興味をもっていなかった。

兄貴の電子工学科への進路選択についても「文科系もいいぞ。電子工学は数学が難しいぞ」と言う程度で、結局、兄貴も自分自身で決めていた。

おふくろは、全く相談にならなかった。

おふくろは、京都の短期大学で家政学科を卒業していたので、工学関係はまるで専門外という認識だった。

健二は、家族には、あまり自分の進路のことなど相談しなかった。

普段から両親にも兄姉にも、なんとなく相談できる雰囲気ではなかった。

兄姉も自分のことは、自分で決めていた。

もし、兄や姉に相談しても「う～ん、自分で決めなさい！」と言われることは、分かっていた。

健二が、工学部の機械工学科を志望するようになったのは、小学生の頃にテレビで見た自動車のエンジンのたくましいメカニックの動きや、やはり小学生の時に遠足で行った伊丹空港見学で、飛行機が空へ飛び立つ勇姿を目の当たりにした時の感動が、脳の奥に焼き付いていたのだ。

本当は、飛行機のパイロットになりたいと思ったのだが、小学生の頃からテレビやテレビゲームで画面を頻繁に注視していたため近視になり、中学2年生では、眼鏡を掛けないと黒板の字もよく見えなくなっていた。

パイロットの資格試験では、裸眼視力が1・2以上となっていたので、あこがれのパイロットの仕事は、おのずと諦めざるを得なかった。

結局、漠然とエンジン関係の仕事に就きたいと思うようになっていた。

第17章　とうとう高校3年生になった

寒くて雪の多かった高校2年生の冬が過ぎ、とうとう高校3年生になった。

３年生になって、理工学系大学進学クラスを志望した。

俺は3年7組になり、クラス担任は南野先生になった。

南野先生は、俺が2年生まで担任だった吉野先生と同じ数学の教師だった。

俺は数学の担任の先生と、どういう訳か縁がある。

南野先生は、男子バレーボール部の顧問も担当している。

数学の先生にしては、よくしゃべり面白い。

俺が数学好きになったのも、吉野先生や南野先生に数学を習った所為かもしれない。

磯山も木村も理工学系を志望していた。

吉野先生の教育的配慮なのか、俺と磯山と木村は3年7組の同じクラスになっていた。

気になる藤本理香さんは、３年２組の文科系クラスだった。

藤本理香さんと同じクラスになった男連中の顔ぶれが、気になった。

佐々木に原田……それに川上と、原田は高校合格発表の日に『藤本理香さんが好きやねん』と言っていたことを俺は覚えていた。

内心、あまり穏やかでなかった。

しかし、もう高校3年生だ、大学受験がある。

そんなことを考えている余裕はない。

3年生になったばかりの桜の季節だった。

校庭に5本ある大きな桜の木が満開に咲いていた。

藤の木やら楓などの樹木が数本ずつ植えられ、木陰を作ってくれていた。

この木陰は、広いグラウンドが眺められる位置にあり、3人掛けの木製のベンチがグラウンドと平行に約3mの等間隔で7脚が並べられていた。

木製のベンチは、背もたれがあり、白いペンキで塗られていた。

7つあるベンチの3つは、すでに他の学年の女子グループや男子が数人座って会話を楽しんでいた。

昼休みに桜の下に設置してあるベンチで、藤本さんとなんとなく過ごしていた。

そして、俺の方から来年の卒業後の進路について話をきり出した。

「藤本さんは、来年どこの大学を受験するの？」

すると、彼女は、少し間をおいて「京都の外国語学部の大学を受験しようと思うの」

「松原君は？」

京都の大学の機械工学科を第一志望にしていた。

「工学部の機械関係の学科を受験しようかなと思っているよ」

「そうなんだ。松原君は、数学や物理が得意だものね」

「いや、そうでもないけど……」

とりあえず、会話のながれで謙遜している自分がいたが、なんとなくそう言われると嬉しかった。

俺は、工学部希望で将来は自動車会社で自動車の設計をやりたいと漠然と思うようになっていた。

昼休み昼食後に、校庭の芝生が敷き詰められた木陰のベンチで2人は、しばしば会話を楽しんでいた。

置かれているベンチでは、生徒たちが学年や男女を問わず、グループで会話を楽しんだり、個人でくつろいだりしていた。

また、別の日の5月の半ばの陽ざしが穏やかな、気持ちの良い昼下がりだった。

俺は昼休みによくここに座って、ぼんやりと1人でくつろぐことが好きだった。

グラウンドでは、サッカーのような遊びをしたり、ソフトボールを楽しんだりしている生徒たちもいた。

俺は、空いている端っこのベンチの真ん中に腰を下ろし、将来のことをぼんやりと考えていた。

そこへ昼食の終わった磯山が、校舎の方からゆっくりとやって来て、俺の座っているベ

ンチの端に座ってきた。

　ベンチの真ん中に座っていた俺は「おう」と声を掛け、中央に1人分の距離を空けて、ベンチの端に寄った。

　その頃には、磯山と進路についての話を自然な会話として、お互いに話せる関係にまでなっていた。

　磯山がここ数日、暗い表情をしているので、俺は磯山の様子が気になっていた。

「最近、表情がくらいなぁー」

「……」

「そうかぁ。俺の表情は暗いか？」

　俺は、黙って磯山が次に何を言い出すか静かに待った。

「なかなか、家の方が大変でなあ」

　たぶんそうだろうなあーと俺は予想していた。

「そうか」とだけ俺は答えた。

　早朝から母親や弟妹たちの朝食作りから後片付けに、そして帰宅後には洗濯と買い物と夕食作りと、夜遅くまで自分自身の時間をもつことはできないということだった。

　しかも、最近では、母親が寝たきりで子どもたちへ負担を掛けていることで、精神的に自暴自棄に陥っているという。

　母親は夕食の後、子どもたちに「ごめんね」「おまえ達に迷惑ばかり掛けるね」「死にたいよ」とよく漏らすようになってきた。

その度に「なにを言うの！」「馬鹿なことは言わないで！」「僕たちはお母さんが、そばにいてくれるから元気が出るんだ！」と兄弟妹3人は口をそろえて、強い口調で母に訴えた。

母親が自殺を考えているのではないかと学校へ来ていても、落ち着かないそうだ。

母親のそばには、刃物や紐類は置かないようにしているという。

兄弟妹で、そういったものを母親に見つからない場所に隠して登校しようと申し合わせをしたそうだ。

床に就くのは、いつも夜中の1時頃だそうだ。

磯山の話を俺はしばらく黙って聞いていた。

すると「こうして、俺の話を聞いてもらえるだけで、気持ちが楽になるんだ」

「ありがとう！　松原」

俺は、磯山のあまりに過酷な悩みに、どんなアドバイスもどんな慰めの言葉も見つからなかった。

「いや、かまへんで（いいや、いいよ）。俺で良かったら、いつでも話してくれ」

「すまんな」

磯山の話を聞いて、家庭環境の違いで、こんなにも人生の運命に違いがあるのかと考えることが多くなった。

自分が本当に希望する将来への進路選択ができない悔しさは、俺には到底想像もできないだろう。

「磯山、おまえ高校を卒業したらどうするつもりや？」

磯山は、うつむいたまま、しばらく沈黙した。

俺は、磯山の家庭の事情がよく分かっていて、本当に聞きにくい質問をあえて磯山にぶつけてみた。

磯山の大きな悩みの１つは、今の３年生の共通の悩みであり、関心事である進路選択ということだと思ったからである。

磯山は、ベンチに腰掛けたまま、やっと重い口を開いた。

「俺には弟や妹、そして、介護の必要なお袋がいるから高校を卒業したら就職しようと思っている」

俺は、磯山の返事がほとんど分かっていた。

そして、磯山の眼から涙がにじみ出ていた。

磯山は、こうして誰かに自分の悩みを聞いてもらえただけで、心の底から嬉しかった。

磯山は、母親の介護をはじめた頃から、また、弟妹の世話を同時にはじめた頃から１人で悩み、心に決めていたのだろう。

俺も「そうか……」と小さな声で答えたまま、後の会話が続かなかった。

磯山も将来やりたいことがあるだろう。

このような家庭の事情がなければ、何をやりたいのだろうか？

昼休みが終わって、俺は自分の境遇と磯山の境遇の違いで、進路選択にこんなにも違いがあるのかと、絶えず、考えるようになった。

自分は、小学生の頃から自動車や飛行機のエンジンに興味をもって、自由に進路選択ができるのに、磯山は家庭の事情により、自分の意思とは関係なく、自分の進路を決めなくてはならない。

健二は、磯山を不憫に思った。

3年生になり、結局、俺も磯山も理工学系クラスを選択した。

磯山は、クラスのみんなが大学受験をする中で、就職する会社選択と就職試験に取り組んでいた。

そんな時期の磯山の心境を、俺は本当に気の毒に思った。

お互いに気を遣って、声を掛けにくい空気があった。

俺もぎこちない会話にならないように、できるだけさりげない会話に心がけるようになっていた。

部活動も高校3年生の夏の大会をもって、引退した。

夏休み後半から本格的に、大学受験に向けて勉強に取り組んでいかなければならなかった。

俺は、京都の大学の工学部をめざして受験勉強に専念していた。

8月の立秋を過ぎた頃から、庭の草むらや公園の草むらからコオロギの鳴き声が聞こえはじめた。

コオロギの鳴き声が、こんなにも空しく、淋しく、そして来年の受験の不安と焦りを感じさせるものだったのかと、しみじみと思う健二だった。

なかなか思うように勉強が進まない。

2学期に入り、クラスメートの会話も浮ついた話題もほとんどなくなり、休憩時間も問題集や参考書を開いている様子が当たり前の雰囲気になってきた。

そして、11月の立冬を迎える頃になると、大学受験にクラスの誰もがより一層ピリピリとした空気になっていた。

磯山は、自宅からそう遠くないラーメン店へ就職することになったそうだ。

磯山以外のクラスの者は、みんな大学進学をめざしている中で、磯山は、たった1人就職するという道を選択せざるを得なくなったのだ。

しかし、磯山の生活態度や授業への取り組み姿勢は、真面目そのものだった。

年が明け、凍てつくような寒さの日に大学の入学試験が実施された。

藤本理香さんは、京都の外国語学部の英語学科を受験していた。

そして藤本さんは、第一志望のこの大学に、見事合格を果たした。

俺の心のどこかに高校受験の時に抱いた不純な動機、つまり藤本理香さんと同じ高校に進学したいというだけで、北城高校を受験校に選んだ。

その時と同じような動機で、今回もまた大学は違っていたが、京都にある大学の機械工学科を受験した。

しかし、不合格になり浪人することになってしまった。

第18章　浪人生活

3月の終わり頃に大阪市内にある予備校の入学手続きに行った。

4月に入って、予備校の開校式が行われた。

学習の進め方と事務的な次年度合格へ向けた励ましのお言葉を頂いた。

予備校には、同じような重苦しい表情の無言の若者たちが、たくさん来ていた。

中には、勤務先の制服のままで来ている若者もいて、少々びっくりさせられた。

予備校では、大勢の受講生が1つの教室で講義を聴いていた。

お互いにあまり、話をすることもない。

それぞれが、それぞれのペースで黙々と学習している。

みんなの目標は、来年の春にそれぞれが、希望する大学の入学試験に合格することだけだった。

全身に何か、大きな重しを載せられているような気分になっていた。

これから来年に向けて、確約のない出口に向かっての辛い日々を送らねばならない。

浪人生活をして3ヵ月が過ぎた頃、受験勉強が思うように進まない毎日に苛立ちと焦りを感じはじめた。

親への意味のない口答えや反抗、順調に有名大学を卒業し、大手電機メーカーに入社した兄貴への僻み。

希望する大学に進学した姉への八つ当たり。

憂鬱な気分だ。

そんなある日、予備校の帰りに磯山が就職したラーメン店にラーメンを食べに行った。

磯山の顔を見たくなった。

そこの店は、はじめて行く店だった。

磯山に会うと、なんとなく元気をもらえる。

俺は、少しばかり緊張してドキドキしていた。

店に入るなり、5～6人ぐらいいる店員が一斉に、威勢良く「いらっしゃい！」と大きな声を掛けてくれる。

磯山の姿を探し、とりあえず10席ぐらいあるカウンター席が、2～3つ空いていたので、そこへ座った。

すると、そのカウンター席から調理場を斜めに見ることができた。

磯山は、店員の白い上着に調理用の白い帽子を被り、流し台でどんぶりを洗っていた。

磯山は、カウンター席に座った俺に気づき、照れくさそうに笑って洗い物をしながらペコリと会釈を返してきた。

俺も微笑みながら、仕事の邪魔にならない程度に会釈をした。

ヤキソバ
300
ギョーザ
250
ラーメン
350

別の店員が、水を持って注文を聞きに来た。

磯山は、忙しく仕事をしているので、声をかけることもできない。

それから、予備校の帰りに週に2～3回は、このラーメン店で食事することが習慣になっていった。

店に寄った時は、お互いに簡単な会釈をするだけで、お互いの無事を確認するだけで良かった。

俺はカウンター席で、いつもの焼きめしとラーメンを食べると帰って行った。

しかし、この店を訪れ、磯山の仕事ぶりを見ながら食事をするだけで、なんとなく俺は癒やされた。

浪人生活の不安、大学受験からの不安が束の間ではあったが、解放される瞬間であった。

このまま、大学受験に失敗したらどうしよう。

今年も8月のお盆を過ぎた頃から、庭や公園の草むらから物淋し気な、あのコオロギの鳴く声があちこちから聞こえてくる。

夏の陽ざしのある昼間は、そんなにまで感じないが日が落ちて暗くなり、幾分涼しくなった頃に「ピピピピー」と鳴かれると、堪らなく淋しさや焦りを覚えるのであった。

受験大学の過去問題をしっかり分析して、学習計画を立てたんだからこのまま自分が頑張り抜くしかない。

思うように学習が進まない焦り、学習が暗記できない苛立ち、この人生の谷底に落ちたような不安感。

俺は、年が明け、元日に京都の学問の神様で有名な北野天満宮に合格祈願に行った。

受験生にとっては、正月行事はこれだけだ。

2月に入り、凍てつくような寒さの中、大学の入学試験が行われた。

大学の合格発表で、自分の受験番号を見つけた時は、今までの苦労が一遍に吹き飛んだ。

嬉しさと同時に涙が頬を流れた。

志望していた大学の機械工学科に合格したのだ。

第19章　母親の死

大学の合格を、北城高校の担任だった吉野先生と南野先生に報告に行った時のこと。

２人の先生は、たいそう喜んでくれた。

「合格したか、ようやったなあー、おめでとう」

「浪人生活、大変やったやろ」

「よう頑張ったなあー」

「こんないい知らせの時に、なんなんだけどなー」と吉野先生は、少しためらった様子で静かに話し始めた。

「実はな、磯山君のお母さんが亡くなられたけど、松原君は知ってる？」「えっ！」

俺は次の言葉が出てこなかった。

しばらくして、ようやく「いつですか？」と尋ねるのがやっとだった。

「昨年の暮れの12月やった」

「磯山君が『お葬式はどんなふうにしたらええのやろか？』と俺のところに相談に来てな」

「磯山君は『親友の松原君は、今、受験で俺の心配をさせたくないので、母が亡くなったことは言わないでください』と言っていたんだ」

「そうなんですか」

北城高校の職員室を出てから家に着くまで、磯山のことをずっと考えていた。

淋しいだろうなあー
とうとう弟妹と3人だけになってしまい。

磯山のことを考えると、いてもたってもいられない気持ちになる。

磯山の母は、交通事故の後遺症で9年以上、ほぼ寝たきり状態だった。

そのために、内臓に疾患をかかえるようになってしまった。

亡くなるひと月程前から、磯山もラーメン店の仕事を時々休んで、母親の看病をしていた。

母親は「正和、おまえには本当に苦労をかけるね」

「ごめんね、ごめんね」と正和の顔を見る度に言っていた。

その都度「お袋、大丈夫やで！　俺は、どうってことないで」と正和は答えていた。

母親は二男の慎治のことも、一人娘の明子のことも気がかりでならなかった。

身体が自由にならないもどかしさと、子どもたちへの申し訳なさで母親は長年、無念な思いをもったままだった。

12月の年の瀬が迫った、ある日の朝、磯山が店に出勤しようと母親に声を掛けるため寝ているそばに寄って行っても、意識がうつろで様子が尋常でなかった。

慌てて、時々往診に来てもらっている近所のかかりつけの医者を呼んだ。

すると、医者は看護師1人を連れて、すぐに来てくれた。

医者は強心剤を注射したり、脈を取ったりしていたが、母親はだんだんと意識を失っていった。

医者は磯山に「ご家族とかご親戚とか連絡するところへは、連絡する方がいい」と告げた。

磯山は、すでに登校していた弟の慎治と妹の明子が通う中学校へ電話を掛けた。

慎治と明子は、血相を変えて、すぐに戻ってきた。

母親は医者と看護師、3人の子どもたちに看取られながら、静かに息を引き取った。

医者から母親の死を告げられた時、慎治と明子は号泣していたが、長男の正和は何をどうしたらいいのか、頭の中が真っ白になった。

やがて、医者が「ご愁傷様です。力不足で申し訳ないです」

「明日にでも、死亡診断書を病院に取りに来てください」と告げて帰って行った。

兄弟妹3人は一晩中、母の亡骸の横で母の手を握り、泣き明かした。

次の日の朝、正和は病院へ母親の死亡診断書を取りに行き、葬儀の段取りが皆目分からないので、信頼していた高校の担任教師の吉野先生と南野先生の所へ相談に行った。

第20章　大学生活と就職

高校時代に不登校になりかけていた木村は、当時、松原から磯山の血の滲むような苦労を聞かされたことで、徐々にではあったが、自分を変えようと頑張ってきた。

そして今では、しっかりとした自分の生き方を見つけることができるまでになっていた。

それ以来、磯山、松原、木村は、強い絆で結ばれ、すっかり仲良く付き合うようになっていた。

木村は、高校1年生の2学期の終わり頃には、同じクラスの女子木下さんに誘われて、ボランティアサークルで活動していた。

その活動の一環で、福祉施設を訪問している頃から、将来は福祉関係の大学に進学しようかと考えるようになってきた。

世の中には、様々な境遇で自分の意思とは関係なく、苦しい思いや辛い思いをしている人たちが、大勢いることを考えるようになってきた。

そして、高校3年生になってからも障害者福祉施設へボランティア活動に行くことを止めなかった。

様々な障害をもっている子どもたちが、将来の生きがいをしっかりともって、社会で生活できないものだろうか、と考えるようになっていた。

木村は、現役で教育大学に合格していた。

そして、支援学校の教師をめざしていた。

支援学校での教育実習では、車椅子に乗っている生徒やストレッチャーで横になったままでなければ登校できない生徒もいた。

入学した生徒が、学年の途中で病気が悪化し、卒業まで在籍できない生徒もいると聞かされ、木村は胸を痛めた。

俺は、辛かった浪人生活の末、希望していた京都の大学の工学部に、入学することができた。

そして俺と理香さんは、共に大学生として交際を続けることができた。

在籍する大学は違っていたが、俺の通う大学も理香さんが通う大学も望んでいた通り、京都市内にあったので、デートするには好都合であった。

俺は、やっぱり野球が好きだったので、大学でも野球部に入った。

しかし、大学の野球部では素質のある者には、どうしても太刀打ちできなかった。

大学では、いつもレギュラーは回ってこなかった。

理香さんは新体操部に入り、なかなか活躍しているようだった。

お互いに大学の講義や部活動に忙しくしていたが、帰りには四条河原町付近の喫茶店や居酒屋でよくデートを重ねることもでき、なかなか楽しい大学生活を送ることができた。

藤本理香さんは大学3回生になり、就職活動をはじめた。

彼女は、高校時代から航空会社のCAを希望していた。

飛行機で空を飛ぶ仕事にあこがれていた。

できれば、国際線のCAになり、外国を回ってみたいと夢みていた。

そして、見事希望通りに、航空会社の入社試験に合格したのだ。

理香さんは、3ヵ月のCAとしての研修期間も終わり、希望通りの国際線に配属が決まった。

国際線の勤務が終わるたびに、俺とデートをしてくれた。

初めてのフライトから関西空港に戻ってきた時には、俺は空港まで迎えに行った。

国際線の待合ロビーで待っていると、理香は乗務員通路からキャリーバッグを片手で引っ張って出てきた。

他のCAさんやスタッフさんたちも一緒に出てきたので、理香さんに駆け寄ることはしなかった。

俺は少し離れた場所から他の乗客たちに紛れて、理香さんを見つめていた。

綺麗なCAの理香さんとは不釣り合いの俺が、駆け寄ることがなんとなく気後れしたためだ。

綺麗だ！　と思った。

CAの制服が、とてもよく似合う。

歩を進める中で、他のスタッフたちとそれぞれに離れた頃合いを見計らって、理香さんに近づいて声をかけた。

理香さんは俺に気づくと、驚いた様子だった。

「まさか、関空まで来てくれるとは思わなかった」

「君に会いたくて、ついつい来てしまった」

「有難う、私も会いたかった」

2人は少しの間、並んで歩いた。

「私、私服に着替えるから、しばらく待合ロビーで待っててね」

健二は、微笑みながらうなずいた。

理香は私服に着替えるために、スタッフのロッカールームの中へ消えて行った。

そして俺は、ロビーの柔らかなソファーに腰を下ろし、幸せいっぱいな心持ちで、夜空に飛んでいく飛行機を眺めていた。

しかし、それから3ヵ月が過ぎる頃に、やはり空に飛んでいく飛行機の仕事に、俺は不安を覚えることも事実だった。

理香がフライトをする度に、その安全を祈るようになっていた。

京都の神社のお守りを渡したこともあった。

理香さんから仕事を終え、日本に帰ってきたと連絡があると、俺は安堵した。

次の年、俺は建設機械の製作会社の入社試験に合格し、大学卒業後に建設機械の設計をすることになった。

木村は俺よりも1年早く、希望通りの府立支援学校の採用試験に見事に合格して、支援学校の教師になっていた。

就職してからも俺と木村は、仕事帰りに磯山の勤めるラーメン店にちょくちょく来ていた。

磯山の仕事が終わるのを待って、3人で行きつけの居酒屋へ行って、酒を酌み交わしていた。

木村は「高校生の時、磯山と松原が家まで来てくれたお陰で、今の俺があるんや」と3人で飲むと、口癖のように感謝してくれる。

また、俺は磯山に弟妹の様子を、尋ねたこともあった。

磯山の弟の慎治は定時制高校へ進学し、卒業後に大学へ進んだそうだ。

そして、現在は大学の経済学部の3回生だそうだ。

卒業後は、新聞記者をめざして就職活動をしているとのことだ。

慎治は、夜間の定時制高校へ通いながら、昼間は鉄工所で工員として働いていたそうだ。

鉄工所で稼いだ給料で、学用品の購入や授業料に充てていた。

もちろん、兄妹の生活費にも入れていたそうだ。

さすが、磯山の弟だ。

よくできた弟だ。

妹の明子は、北城高校を卒業した後、公立の看護学校へ進み、看護師をめざして国家試験の勉強をしているということだ。

明子は2人の兄たちに支えられて、全日制の高校である北城高校を卒業した。立派な兄妹たちだ。

兄妹たちの心の大きな支えだった母親が亡くなってから、長男の正和は、必死で弟妹たちの生活と2人の大きな心の支えとなれるように頑張っていた。

第21章　アクシデント

健二は、仕事が久しぶりに定時で終わり、午後8時頃に帰宅してきた。

「ただいま」と玄関ドアを開けて帰ってきた。

台所の方から「おかえりー」と両親の声が聞こえてきた。

兄貴は、コンピュータ会社のシステムエンジニアになっていた。

そして、職場で知り合った女性と結婚し、府内のM市で中古のマンションを買って住んでいた。

姉は、大学の法学部を卒業して、大阪市内の弁護士事務所に勤めながら司法試験合格をめざしている。

姉は、まだ帰宅していなかった。

健二は、いつものように2階の自分の部屋で、普段着に着替えてから階下に下りてくる。

台所のテーブルで、両親が夕食を食べ終わって、テレビを見ていた。

健二もテーブルのいつもの自分の席に着くと、母親が健二の食事を運んできていた。

母親は「今日は、早く帰れたんやねー」と少し嬉しそうだった。

「うん」と健二は疲れた表情でぶっきらぼーに、答えた。

父親は、ビールを飲みながらテレビを見ていた。

母親は心得たもので、夕食のおかずと一緒に健二のグラスも、盆に載せて持ってきた。

父親は「仕事の方は、どうや？」と健二に問いかけながら、健二のグラスにビールを注いだ。

「うん、相変わらずや」と仕事のことは両親には、あまりしゃべりたくないといった様子で答えた。

健二が、父親が注いでくれたビールをキューと上手そうに飲み干した時である。

テレビドラマの途中であったが、画面の上に緊急ニュースを伝えるテロップが流れ、突然にニュース番組に切り替わった。

『ただいま、入ってきた緊急ニュースです』

『今日、日本時間の午後7時頃、アラブ首長国連邦のドバイ空港に向かっていた飛行機が、インド洋上空で突然レーダーから消えました』

『乗員乗客380名の安否が、気遣われています』

健二の目は、テレビ画面に釘付けになり、表情が急に強ばってきた。

「えっ！　理香さんが、乗務すると言っていた飛行機や！」

両親もまさかという表情で、3人は固まってしまった。

健二は、居ても立ってもいられなかった。

しかし、どうしていいか？　どうするべきか？　全く見当がつかなかった。

MHK
ニュース

頭の中が真っ白になってしまった。

しばらく3人は、沈黙しながらテレビニュースを食い入るように見ていた。

テレビのアナウンサーは、無情にも『先ほどの航空会社の飛行機はインド洋に墜落したと当局から発表がありました』

『乗員乗客380名の安否が気遣われます』

健二は、テーブルの椅子に石膏人形のように固まって座り込んでいた。

その目は、不安をいっぱい抱えた鋭いものであった。

両親も何も言葉がでなかった。

テレビの緊急ニュースは、まだ続いていたが健二は、理香さんの携帯電話へ掛けた。

しかし、搭乗勤務の時は、携帯電話の電源は切って、機内の自分の小さなロッカーに仕舞っていると言っていた。

乗務していても、携帯電話が通じる訳がなかった。

携帯電話は、無情にもプープープープーと鳴るだけで通じない。

『どうしたらいいだろうか？』

健二は、胸騒ぎがしてならなかった。

テーブルに並べられた夕食に手も付けず、2階の自室へ上がって行った。

両親は、無言のままテレビのニュースを見ていた。

健二は、藤本理香さんの自宅へも電話を掛けてみたが、こちらの電話番号も長時間話し中の信号音が帰ってくるだけだった。

しばらくすると、階下から母親の声が聞こえてきた。

「健二、夕飯を少しでも食べたら！」

「いいよ！　欲しくない！」健二は自室のベッドに転がって天井を眺めていた。

それから2時間近く経った午後11時過ぎに、携帯電話がなった。

「もしもし、理香です」泣きながらの声だった。

「あっ！　理香！」

「無事だったのか！……良かった！」

健二も理香さんの声を聞いて、涙が溢れてきた。

しばらく、2人共、次の言葉が出てこなかった。

2人共、電話口で泣いていた。

健二には、理香さんの嗚咽が電話から聞こえてきた。

健二は、少し平静さを取り戻し「今、どこにいるの？」

「かんさいくうこうよ」と理香さんは泣き崩れんばかりの声で、答えた。

「ニュースを見て、びっくりした！

この間、会った時に、ドバイ経由でパリまで乗務すると言っていた便だったから、てっきり理香が乗っているものだと……」と健二はうわずった声で答えていた。

理香さんは、次の言葉を発するまで、しばらく時間を要した。

「実は、私が乗る予定だったの」

そして、また次の言葉が返ってこない。

健二は「それで、どうしたの？」

涙ながらに「先輩の久美子さんが、来週、彼氏が結納に来るから勤務を替わって欲しいと言われたの……」と理香さんは、か細い声で答えた。

健二の心の中は、複雑な感情が飛び交った。

理香さんが無事であったことの安堵感と、先輩の久美子さんの都合とはいえ、理香さんと勤務を交替したために事故に遭ってしまった久美子さんが可哀相でならなかった。

理香さんが無事であったことを素直に喜べなかった。

「明日朝、早くに関空へ行くから関空で待ってて」と言って健二は電話を切った。

そして、階下で食卓テーブルの席に座ったままだった両親に、理香さんとの電話の内容を伝えた。

「明日朝早く、関空へ理香さんを迎えに行くよ」と健二は両親に伝えた。

親父が「仕事は？」と聞いてきた。

「理香さんが、精神的にかなり落ち込んでいるから話を聞いてやらないと」と健二は強い口調で答えた。

両親は、それ以上何も言わなかった。

次の朝、健二は始発電車で関空へ向かった。

関空に着くと午前8時前だったので、すぐに健二は勤務先の会社に欠勤の電話連絡を入れた。

関空のロビーも、今回の墜落事故を受けて、慌ただしく報道関係者や乗客家族でざわついていた。

出発待合室ロビーの椅子に腰掛けて、理香さんを待っているとスタッフ事務室から理香さんが、私服姿で出てきた。

あまりの雑踏で、俺の姿を見つけられない様子だった。

俺は、以前来たことがあるので、スタッフが出入りするドアを知っていた。そのドアの近くで理香さんが出てくるのを今か今かと待っていた。

俺は、ドアから出てきた理香さんを見つけると、椅子から立ち上がり、俺を探している理香さんの方へ歩み寄った。

理香さんは俺を見つけると、号泣して俺の胸の中に飛び込んできた。

俺たちの周りにいた何人かの人たちは、何事かと振り向く者もいた。

他人の目を気にすることもなく、待合室の隅で2人は立ったまま抱き合っていた。

理香さんは健二の胸で、泣きながら「私が彼女と交替しなかったら、よかったのに！私の代わりに彼女が事故に遭ったの……」と繰り返していた。

健二は、理香さんに掛ける言葉を見つけられずにいた。

しばらくして、待合室の椅子が2つ空いたので、とりあえず彼女を促して2人で腰を下ろした。

健二は、泣いている彼女の肩を黙って強く抱き寄せていた。

それからどれほど時間が、経っただろうか。

健二は「お家のご両親へは、連絡したの？」と優しく言った。

すると「昨晩、お父さんから連絡があって、事情を話した」と理香さんはやはり、か細い声で答えた。

「とりあえず、今日は一緒に家に帰ろう」

「君は疲れているから」と健二は優しく言った。

「今日はゆっくり休んだ方がいいよ」

そして、理香さんの家まで付き添って送り届けた。

理香さんは、先輩の久美子さんから頼まれたとはいえ、自分が乗務するはずだった飛行機が墜落したことで、かなりの精神的ショックを受けていた。

自分の代わりに、久美子さんが亡くなってしまった。

自分が生きていることにさえ、腹立たしかった。

理香さんは、しばらく仕事を休んだ。

家に閉じこもり、沈んでしまった理香さんを健二は気遣い、毎日デートに誘った。

デートは、大阪梅田のレストランで食事をしながら、理香さんの思いを健二はひたすら聞いてやった。

少しでも、飛行機事故のことを理香さんの頭の中から忘れさせてやろうと、同じ高校の同学年だった磯山や木村も誘って4人で食事会をしたこともあった。

磯山も木村も飛行機事故のことや理香さんの心傷の状況は、よく理解してくれていた。4人で食事会をした時も、磯山と木村の2人の心遣い気遣いに本当に感謝した。

理香さんは、相変わらず暗く沈んでいた。

何度か食事会をしている時、理香さんが俯き加減で「私が事故で、死ぬべきだった……」と呟いた。

男3人はワインを飲みながら、食事を進めていた手を止めた。

そして、向かい合って座っていた磯山が、静かに話し出した。

「藤本さんの言う通りかもしれない。しかし、現実は違った。今、運命に生かされているのは、藤本理香さんですよ」

「いつまでも、過去のことを振り返っても仕方がないですよ。しかも、あなたから勤務を交替してくれるように、先輩にお願いした訳ではないのでしょ。先輩のCAさんから勤務の交替を、お願いされたのでしょ」

「もう、現実に生きている、ご家族や健二君のために前を向いて生きていったらいいと思いますよ」と子どもの頃から母親や弟妹たちを支えてきた磯山の言葉には、説得力があった。

それを聞いた理香さんは、俯いていた顔を上げ、はっ！　としたような表情に変わった。

それから、徐々に以前のような明るさと素直さを取り戻し、さらに人間的な深さをどこか感じさせる表情で、仕事をするようになった。

第22章　プロポーズと結婚

俺が社会人になって、1年が過ぎた七夕の日の夜に、理香さんと2人で大阪梅田の28階建てビルの屋上にあるビヤガーデンに行った。

大きなビヤガーデンで、会社帰りのサラリーマン風の男たちやOL風の女子グループが、5～600人以上はいただろうか。

夜空はすっかり暗くなっていたが、広いビヤガーデンの灯りは、様々に工夫を施され、七夕の夜に相応しい雰囲気を演出していた。

カップル席は、都会の夜景が眺望できる位置に沢山設置されていた。

そして、そのカップル席のほとんどが埋まっていた。

俺と理香さんも、そのカップル席の1つに座っていた。

大勢の客が、それぞれに、にぎやかに楽しそうに飲んでいた。

当然、隣席の会話は聞き取れないし、隣席の会話に興味をもつ者もいない。

大勢が騒いでいるが、不思議なことに彼女と2人席のテーブルで向かい合っていると、2人だけの世界が出来上がってくる。

ビルの屋上のビヤガーデンから大都市大阪の夜のネオンや街並みを見下ろしていると、

ロマンチックな雰囲気に包まれる。

2人とも、ビールや酎ハイでいい気分になってきた。

俺は、理香さんの眼をしっかりと見つめ、両手で理香さんの両の手をしっかりと握りしめていた。

「僕と結婚してください！」

理香さんも俺の眼を見つめていた。

「はい！」と小さく頷いた。

それから、2人は静かに身体を寄せ合い、俺に寄りかかる理香さんの肩を右腕で抱き寄せていた。

しばらく、大阪の夜景を2人で静かに眺めていた。

閉店のアナウンスが流れ始める頃に、2人で手を握りしめ、JR大阪駅に向かってゆっくりと歩きはじめた。

俺は自分の両親に、藤本理香さんと結婚したいということは、就職した頃から告げていた。

両親は、高校卒業時の進路選択の時と同じような反応で「そうなんや」と言うぐらいであった。

とは言いつつも、健二の両親は、その反応とは別に両親なりに夫婦2人になった時には、藤本理香さんとの結婚について相談することが頻繁にあった。

健二には、そんな素振りは見せなかった。

プロポーズをしてから、俺は1人で藤本家に挨拶のような顔見せのような意味合いで、ご両親にとにかく会いに行くことになった。

理香さんの家は、俺と中学校区が同じ地域にあったが、数キロ離れた住宅街にある。

俺は、理香さんの休みの日の日曜日に、背広とネクタイ姿で自家用車で、理香さんの家に向かった。

俺は例によって、少し緊張していた。いや、かなり緊張していた。

車を理香さんの家のガレージ前に止めさせてもらった。

朝10時に行くと理香さんには、2週間前から伝えていた。

理香さんの家の前に着くと、理香さんは家の外で俺を迎えてくれた。

「俺、緊張するわ」

理香さんは、静かに微笑んでいた。

「どうぞ」と理香さんが玄関のドアを開けると母親が、玄関の中で迎えてくれた。

「こんにちは」と言うと理香さんの母親も「こんにちは」と軽く会釈をしながら挨拶を交わした。

続けて、理香さんが俺を紹介した。

「松原健二さんです」

「松原健二です。どうぞよろしくお願いします」

母親は、続けて「どうぞ、お上がりください」

そして、俺は応接間に案内された。

そこには、奥側のソファーに理香さんの父親が座っていた。

こざっぱりとした普段着姿だった。

応接間に入るなり、父親は立って「こんにちは」と言った。

俺は緊張した面持ちで、少し震える声で「こんにちは、はじめまして、松原健二です」と自己紹介した。

「理香の父親の忠士です」と紹介した。

かなり緊張している俺の様子を見て、父親は「まあ、そんなに硬くならなくてもいいよ」と慰めてくれた。

それから、家族の話、兄姉の話、仕事の話などをご両親と理香さんと自分の4人で、2時間程話した。

理香さんの父親の仕事や家族のことは、以前理香さんから聞いていたが、今日改めてお父さんから伺った。

父親は、ハウスメーカーの建築設計の仕事をしているということだった。

理香さんは3人兄妹で、自分は真ん中で兄と妹がいる。

兄は理香さんより3つ年上で、パソコン関係のエンジニアをしていて、妹は20歳で現在、幼稚園の先生をめざして大学の幼児教育科の学生をしているということだった。

母親はピアノ教室で、週2日程ピアノの先生のアルバイトをしているそうだ。

そして、いよいよ、俺は意を決して「理香さんと結婚させてください」と深々とご両親に頭を下げた。


それから半年が過ぎ、藤本理香と松原健二は、結婚をすることになった。

共に25歳の秋のことだった。

新居は、T市のJR駅からそう遠くない賃貸マンションを借りた。

妻の理香は、出産と育児を予定していたので、CAのフライトの仕事から地上勤務を希望し、現在は空港での地上勤務の仕事をしていた。

そして、1年後に待望の赤ちゃんが生まれた。

理香は職場に産休と育児休暇届を提出し、子育てに追われる日々を過ごしていた。

俺は男の子はやんちゃで、子育てが大変というイメージがあったので、女の子が欲しいと思っていた。

しかし、臨月を迎える頃には、男の子でも女の子でも構わないから、健康で元気な赤ちゃんが生まれますようにとだけ俺は願った。

理香は、俺が願っていた通りの、可愛い女の赤ちゃんを産んでくれた。

俺の両親も理香の両親も孫の誕生を大層喜んでくれた。

第23章　新たな決意

俺は、毎日毎日、建設機械の設計や取引先からのクレーム処理に仕事へのやりがいを失いかけていた。

そして、職場での人間関係も、あまり芳しいものではなかった。

設計課の課長は、期限の迫った仕事を部下に押しつけ、充分にフォローもしてくれないのにやたらと怒鳴りつける。

設計課の課員全体がなんとなく、お互いに競争をさせられながら暗い雰囲気で、仕事を熟しているという感じが、職場全体に蔓延していた。

この仕事は、俺には向いていないのではないか。

こんなに人生を左右するような悩みは、今まで自分の親にも相談したことはないし、況してや理香の両親にも相談したくなかった。

自分の両親や兄姉には、仕事も家庭も順調にいってますよ的な顔をしていたかった。

理香の両親にも娘の旦那は、大手の建設機械メーカーでエリートエンジニアとして頑張っていると思い続けて欲しかった。

『今更、家庭もあり、子どもも生まれた今、我慢して仕事を熟していくしかないのか』という葛藤の毎日だった。

理香にも心配を掛けたくなかった。

そんな日々を送っていた9月のある夜の仕事帰りに、自然と足が向いたのは、磯山が働いているラーメン店であった。

店の暖簾をくぐると、威勢の良い店員の「いらっしゃい！」の声が迎えてくれる。

やっぱり、俺は、この威勢のいい『いらっしゃい！』の声には元気づけられる。

店に来ると俺は、すぐに磯山と木村の顔を確認するのが習慣になっている。

今夜は、木村が来ていなかった。

磯山は、調理場の奥で手際よく、店員に指示を与えていた。

今では、磯山は店の店長になっていた。

俺の顔を確認するなり、いつものように「よお！　いらっしゃい！」とマスクをした磯山の笑顔が迎えてくれた。

店の雰囲気も良く、清潔感のあるラーメン店であった。

流石、磯山店長が仕切っているだけのことはあった。

俺が浪人して予備校に通っていた頃には、週に2〜3回、ここで焼きめしとラーメンを食べることを習慣にしていたが、大学生になってから大学が京都ということもあり、なかなか店には来られなかった。

しかし、それでも月に2〜3回は磯山の勧めるこのラーメン店に来ることにしていた。

そして、いつも、このカウンター席に座ると、なぜか心が安らぐのだ。

「今日は、木村は来ていないのか？」と俺が尋ねると、

「もうじき来る頃や」と磯山店長がマスクの下から答えてくれた。

注文したビールと餃子と焼きめしをカウンター席の俺のところへ店員が運んできた。

「お待たせしました。ご注文は、以上でよろしかったですか」と俺の前に並べた。

そして、一口食べ始めた頃、店員たちが一斉に「いらっしゃい！」と威勢よく客を迎え入れた。

俺が入り口の方を振り返ると、笑みを浮かべた木村が暖簾をくぐって入ってきた。

「よお！ 元気か！」とお互いに挨拶を交わして、いつものように木村は、俺の横へ座りながら自分の通勤カバンをカウンターの下にある棚に載せた。

磯山店長も微笑みながら、「よー！」とだけ木村に挨拶をして、仕事に専念していた。

木村がメニューを見ながら「何にしよ～かなぁ～」と呟いていると、磯山店長が栓を抜いたビール瓶1本と2つのグラスを持ってきて「これは、俺のおごりや」と言って木村と俺にビールを注いでくれた。

俺と木村は、カウンター席で餃子をつまみながら、ビールを飲んでいた。

磯山の仕事が終わるのを待って、駅前の深夜まで営業している、いつも3人でよく行く居酒屋へ入った。

俺は今夜、2人に俺の悩みを聞いて貰いたかった。

本日
300円
均一
サラダ
おにぎり
お好み焼
とりカラ揚
ホッケ
たこ焼
つくり盛合
居酒屋
お勘定

木村もなんとなく、松原に元気がないのが気になっていた。

「松原、浮かない顔をしてどうした？」とさすがに、磯山は人の顔色の変化を、察知するのが早かった。

「うん……。今の仕事があまり面白くないんや」

「そうか、建設機械の設計をしてるんやろ。ええ仕事やないか（いい仕事じゃないのか）」

「やりがいがありそうに思うけどなあー」

「うん……いろいろとクレームを取引先から言われたり、営業の仕事も入ってくるし。

営業先でも、いろいろな駆け引きがあってな。

人間の裏の面も見えてきて、人間が嫌いになりそうや。

上司からは、次々といろんな仕事を振られるし、職場の人間関係が今一良くないんや。

今の仕事、なんか人生をかけてやろうとは思わなくなってきたんや。

俺の性に合わないいんやろうなあ」

「人間関係の難しさは、どこの職場に行っても同じやで」と磯山に言われると、高校卒業以来、同じラーメン屋で頑張って働き続けてきているので、何も言えない。

それまで、２人の話を黙って聞いていた木村が口を開いた。

「俺が、中学生の時に不登校になったことを思い出した。

俺は、中学校の入学と同時に親父の仕事の関係で、広島から大阪へ転校してきたんや。

中学校に入学するなり、広島弁を笑われ、大阪弁を上手くしゃべれなくて友達がでけへんかったんや。

俺自身も当時は、無口で内向的な性格やったんで、クラスの誰もが俺を相手にしてくれなくなったんや。

学校へ行くのが怖くなって、学校から逃げ出したくなっていたんや」

磯山と俺は、少し沈黙をした後「木村も中学生の頃からいろいろと辛い思いをしてきたんやなぁ」と磯山がしみじみと言った。

木村は、静かに続けた。

「松原、人間関係が辛かったら、我慢せんでもええ！

高校生の時、俺の家に来てくれた磯山と松原が言ってくれた『ありのままの自分でいいじゃないか』『でも人を思いやる気持ちも大切だと思うよ』という言葉に救われたんや。

そして、その言葉に自分が、変わらなければ……と少しずつ思うようになってきたんや。

今の俺が、支援学校の教師をすることができているのは、君たちのお陰なんや。有難う」と木村は俺たちにペコリと頭を下げた。

俺と磯山は、改めて木村からそんなことを言われると、少し照れくさい気がした。

俺は、心の中で『いえいえ、どういたしまして』と呟いた。

磯山も俺と同じような表情をしていた。

木村は、さらに続けた「人間関係で逃げるのは、面白くないなあー。良くないなあー」

俺は、すかさず切り返した「さっき、木村は『人間関係が辛かったら、我慢せんでもええ』言うたんちゃうの！」

するると、木村は「う～ん、人間関係は、自分が変われば周りの人間も変わるというようなところもあるしなぁー。

さっきの俺の発言は、とりあえず保留にしてくれ。俺の人生の中で、もう少しゆっくり考えてみる」と木村は、教師らしい視点から俺に課題を与えてくれた。

その木村と俺のやり取りを聞いていた磯山が「松原は、子どもの頃から機械のメカニック的なことが好きで、機械関係の仕事に就いたと聞いていたけど、今まで松原と付き合ってきて、人間臭さを求める奴やなあーと感じていたで。

もっと人間に関われる仕事を見つけたら、ええのと違うか?!」と人間観察の鋭い磯山に言われて、俺はドキッとした。

木村も静かに頷いていた。

「そして他にやりたいと思っている仕事を見つけたら、全力で喰らいついたらええ！」と木村が力強い言葉で背中を押してくれた。

磯山が続けて「それで、松原が本当にしたい仕事というのは何なんや？」と聞いてくれた。

俺は、その質問に「う～ん……教師かな」と答えた。

「いつから、教師になりたいと思うようになったんや？」

「去年ぐらいからや」

俺の生き方や考え方、そして人生の価値観を考えさせてくれたのは、磯山という人間に出会ってからだ。

俺は、小学生の頃からメカニックへのあこがれがあったが、より人間味のある人間的な生き方を求めていた。

「いや、おまえと出会ってからかな」

磯山は『えっ？』というような表情をした。

「なんで、俺と出会ってからや？」

俺は、磯山のその質問には、上手く答えられなかった。

「よう分からんけど……」

木村がボソッと「磯山の苦労や優しさが、不登校だった俺を救ってくれたんや」と静かにしみじみと言った。

磯山の目には、光るものがあった。

少し、3人に沈黙が流れた。

「そうか、でも松原は結婚して家庭もあるし、子どもさんも生まれたんやろ」

「教師の免許は、もっているんか？」と磯山が心配してくれた。

俺は、これから越えなければならない大きな大きな山を想像しながら、自分のこれからに緊張していた。

「いや、それは大学で取れば良かったんやけども、大学生の時は、まさかこの俺が教師になるとは思わへんかったからなぁ、教員免許の単位は取ってへんかったんや」と答えた。

するると、木村が続けて「そんなん、今更教員免許から取らなあかんなんて無茶やで！今の仕事をいやでも続けるしかないかな」と木村は厳しい表情で言った。

俺は、ハッとした、自分が今、２人に相談している悩みは、磯山が高校生の時に悩んでいたことなのに、あまりに無神経なことを磯山に相談している自分がいることに気づいた。

「ごめんな！　磯山は高校を卒業する時点から、自分の進路を選択できるような状況じゃなかったのになあ」

「でも、今のラーメン屋の仕事に就いて良かったと思っているよ」と磯山はしっかりとした表情で語った。

「お客さんから食べた後に『美味しかった』と言ってもらえた時の、お客さんの笑顔を見た時が一番のやりがいを感じる時なんや。

俺は、ラーメン屋という仕事をやる運命に、生まれてきたんやと思っているよ。

高校を卒業する時は、大学へ進学できる君たちを羨ましく思ったし、悔しくて泣いたこともあったけどな。

仕事に一生懸命取り組んでいると、それがいつの間にかやりがいになり、これが俺の運命なんやと思うようになってきたんや」

「有難う！　磯山、木村！」

理香の育児休暇期間が、後3週間で終わってしまう時だった。

俺は仕事から帰ってきて、自分が入浴するのと一緒に赤ん坊も入浴させていた。

赤ん坊は、やっぱり可愛い。

赤ん坊を入浴させると気持ち良さそうな表情をして、笑ってくれる。

俺が癒やされる瞬間でもある。

理香が赤ん坊にミルクを与えている間に、俺はテレビを見ながら、1人で夕食を取るというのが日課になっていた。

食事を済ませた俺は、自分の食器を片付けて居間のソファーで、ボーッとテレビを見ていた。

今の自分の顔を鏡で見たら、たぶん、疲れ切った表情をしているんだろうなぁと自分の表情を想像してみた。

しみじみと、木村、磯山というい い友達をもったものだと、2人に出会えた高校生活に感謝する思いも、自分の心の中に湧いてきていた。

寝室で赤ん坊を寝かしつけた理香が、お茶を2つ盆に載せて居間に入ってきた。

「どうしたの？……随分疲れた様子ね」と言って俺の隣に腰を下ろした。

しばらくして、俺は重い口を開きはじめた。

俺は、仕事の悩みや職場での人間関係について、静かにゆっくりと話した。

そして、仕事を辞めたいと心の中を理香に打ち明けた。

理香の眼は大きく見開き、顔はこわばっていた。

少しの沈黙があり、テレビの番組の台詞だけが静かに聞こえていた。

俺はリモコンでテレビの電源を切り、2人だけが居間の真ん中に置かれたソファーに固まった彫刻像のように座っていた。

俺は自分の両手で、顔面を覆って俯いていた。

しばらくして、理香が「それで仕事を辞めてどうするの？」と尋ねた。

俺は、覆っていた自分の掌を外し、静かに答えた。

「これから教師の免許を取得して教師をめざそうと思う。

俺は今まで、機械の設計をめざしてきたが、泣いたり、笑ったり、怒ったり、悲しんだり、寂しがったり、感動したりする人間と接する人間的な仕事がしてみたいと思うようになってきた」

理香は黙って聞いていた。

そして、理香はじっと考え込んでいた。

また、2人に半時ほどの沈黙が流れた。

「あなたが、そこまでの決意をしているなら、そして教師をめざすなら、私もできる限り協力するわ！」

それからしばらくして、俺は会社に退職願を出した。

そして、得意の数学の教師になるために、通信教育で数学の免許が取れる大学を探して、受講手続きの書類を提出した。

家庭の収入は、妻の給料が生計の柱になっていた。

俺は、勉強の合間に朝は新聞配達をし、通信教育の勉強の支障にならない程度のアルバイトの仕事をしていた。

さすがに、朝の新聞配達は辛かった。

午前3時に新聞販売店に出勤し、バイクで１２０軒程配達しなければならなかった。

眠くて、寒い凍てついた朝もあった。

新聞配達をはじめて2ヵ月が経った冬の朝、50軒程配り終え、次の配達先へ向かおうと府道をバイクで走っていると、左の脇道から出てきた軽トラックと衝突した。

それは、一瞬の出来事だった。

何が起こったか分からない内に、俺の乗っていたバイクは転倒してしまった。

これから配達する予定の前後に積んでいた朝刊は、道路上に散乱してしまった。

俺は右膝と右肘に痛みを覚えたが、バイクと未配達の朝刊が気になった。

すぐにバイクを起こし、朝刊をかき集めた。

寒さの所為か、自分の惨めさの所為か俺の眼に滲んだ涙が少しばかり頬を湿らせた。

軽トラックを運転していた小太りの男が、すぐに車から降りてきた。

早朝のことで交通量も少なく、バイクが転倒した際に後ろから来る車もいなかったのが、不幸中の幸いだった。

新聞

俺のバイクの後ろから大型トラックでも来ていたら、俺はたぶんはねられていただろう。

「大丈夫か？　怪我あらへんか？」と小太りの男が尋ねた。

「大丈夫やあらへんで！　よー見て運転してや！　新聞拾てや！」と俺は怒鳴りつけるように言った。

「救急車、呼ぼうか？」と男が言う。

右膝と右肘に痛みがあったが、救急車で病院へ行く程でもないし、家事もあるし、勉強もせなあかんし、とこれからのいろいろな用事のことが、健二の頭の中を駆け巡った。

「救急車を呼ぶ程でもないけど、警察呼ぶで！」と俺は大きな声で答えた。

俺は警察と新聞販売店の店主へ俺の携帯電話で連絡した。

小太りの男は、憮然として道路の端に立っていた。

警察のパトカーが赤色灯を点け、サイレンを鳴らして来てくれた。

すると、店主もすぐにバイクでやって来た。

店主は俺の怪我の心配をしてくれた。

「怪我はないか？」

「ええ、右膝と右肘を少し打ちました」

ズボンの裾と上着の袖をめくって、店主に見せると「う～ん、あざができているなあ。医者に診せた方が、いいなあ。

まあ、とにかく私は未配達の新聞を配ってから店に戻るから」と言って店主は未配達の新聞を受け取ると、俺の代わりに残りの朝刊を配達してくれた。

軽トラックを運転していたのは、50歳過ぎの工務店の大工の男だった。

仕事現場に急いでいたとのことだった。

警察官の実況見分が終わり、軽トラックの運転手が壊れたバイクの修理をしてくれることになった。

俺の右膝と右肘の痛みは、俺には病院へ行っている時間がないので、大したことはないから「まあ、ええわ」と言って済ませた。

しかし、後から家に帰って見たら、青あざができていた。

1週間程痛みが引かなかった。

病院で診察を受けておけばよかったと、後になって悔やまれた。

家に帰って、育児や家事もしなければならない。

右腕と右膝は痛む。

夜、仕事から帰ってきた理香には、事故のことも膝や腕の痛みも黙っていた。

理香には、あまり心配を掛けたくなかった。

そして俺は、いつも通り、赤ん坊の育児や洗濯・掃除などの家事をする日々が続いていた。

理香は、週に一度育児時間を取って、午後から帰宅してくる日があった。

その時は、普段の俺の育児や家事の負担を気遣って、磯山や木村と会って居酒屋での息抜きを俺に勧めてくれるのであった。

理香のそうした気遣いが本当に嬉しかったし、2人に会って飲みながら高校時代の話をしていると、現在、自分の置かれている立場の不安感から解放される一時でもあり、精神的安定に繋がった。

満1歳になったばかりの娘を近所の保育所で預かってもらい、アルバイトで工場の仕事をしては、通信教育のレポートを書いていた。

俺は数学が得意だったが、レポートの課題にはなかなか解答が難しいものもあり、レポートの完成に苦戦することもあった。

理香が、仕事を終えて帰宅してくるのは、午後8時を回っていた。

そして、翌朝7時には、出勤する毎日であった。

俺は、大学を卒業するまで何不自由なく経済的に恵まれた家庭に生まれ、健康な両親や兄姉に見守られながら育ってきた。

それが、今になってどれほど幸せで有り難かったことか、身に染みて感じるのであった。

教員免許を取得するためには、3週間の教育実習も経験しなければならなかった。

教育実習は、自分の出身高校である北城高校が、快く受け入れてくれた。

その時は、さすがにアルバイトも新聞配達もできなかった。

ただ、娘を保育所に預かってもらいに、行かなければならなかった。

昔の磯山は高校生の時に、こんな、いやこれ以上の心労を抱えながら、生活をしていたんだと磯山の〝偉さ〟を改めて痛感する日々であった。

第24章　なぜ？　今頃

9月のある日。

磯山正和がいつも通り、ラーメン店へ出勤し、店長として働いている時だった。

ラーメン店の暖簾を夕方6時過ぎにくぐって入ってきた50代半ばの、身なりのみすぼらしい男がいた。

8人の店員が、それぞれの仕事を手際よくこなしていた。

いつも通り、「いらっしゃい」の威勢のいい声が、客を迎え入れてくれる。

ふっと、正和は調理をしながら入ってきた客を見て、凍り付いた。

17年前に、家族をおいて失踪していたおやじが、店に入ってきたのだ。

正和は内心かなり動揺しながらも、精一杯平静を保ちながら調理に集中していた。

気が付かない振りをしながら、店員たちに指示を出していた。

カウンターに座った男に、係の店員が接客のマニュアル通りに水コップを持って行った。

「はい、ご注文は？」

その男はおもむろに「ラーメン」とだけ、小さな声で注文した。

「はい、ラーメン一丁」と調理場へ届くように大きな威勢のいい声で、復唱した。

男は、カウンターに両肘をついて、注文のラーメンができるのを待った。

数分後、ラーメンが運ばれてくると、男はゆっくりと箸立ての割り箸を取り、ゆっくりと味わいながらラーメンを食べた。

しかし、男の眼はうつろだった。

男はラーメンの器を抱え込んで、スープの最後の一滴まで飲んだ。

食べ終わると、上着のポケットから勘定通りの５００円を百円玉５枚を出して払った。

正和は、男が帰るまで終始気づかれないように、平静を装って仕事をしていた。

男が店から出る時は、店員は一斉に「ありがとうございました」と威勢良く、出て行く客に声を送った。

それからというもの正和は、おやじがまた来やしないかと、夕方になると少し気になった。

あの日から1週間が過ぎたが、おやじはやって来なかった。

おやじは、俺のことに気づいているのだろうか？

どこに住んでいるのだろうか？

と気に掛けている自分がいた。

お袋は亡くなっていないが、弟妹たちにこのことを告げるべきか悩み始めた。

正和が勤めるラーメン店に現れてから、ひと月程経った月曜日の夜8時頃だった。

その日は、夕方から雨が降り出していた。

ラーメン店の定休日は、月曜日で正和は家にいた。

弟の慎治も大学から帰っていた。

妹の明子も看護学校から帰っていた。

兄弟妹３人は、自宅アパートで夕食を済ませ、３人それぞれの家事分担をしていた。

今日の家事分担は、弟慎治は食事の準備と後片付け、妹明子は洗濯、正和は風呂の掃除と準備だった。

突然、玄関ブザーがなった。

『こんな時間にいったい誰だろう？』と家事をしていた兄弟妹3人は思った。

明子が玄関先に出た。

明子が扉を開けると、1人の50代半ばの男が透明の雨傘を右手に持って立っていた。

アパートの玄関先は通路になっていて屋根があるので、傘は閉じられていた。

その傘の先端から床に、雨水がぽたぽたと流れ落ちていた。

男は、着古して洗濯を長らくして貰っていない作業服上下を着ていた。

明子は目の前に立っている男が、いったい誰だか分からなかった。

「どなた様ですか？」と言い終わると同時に、その男が自分たちの父親であることに気づいた。

「えっ!?……お父さん……」

立っていた男は、無表情の顔に少しだけ笑みを浮かべたような気がした。

男は、ほんの少しだけ頷いた。

玄関先に出た明子の声も玄関を訪れた客の声も聞こえてこないので、風呂掃除をしていた正和は、不思議に思った。

『どうしたんだろう？』と気になって、正和は水道栓を止め「どなた？」と言いながら玄関の方へ、ゆっくりやって来た。

明子の背中越しに客の姿を見て、正和は驚いた。

自分の勤め先のラーメン店に現れたあの男だった。

「えっ！……おやじ！」

男は、中から出てきた正和の、この言葉に真っ直ぐ正面を向き直し、改めて緊張した表情を浮かべた。

続けて「今頃、何しに来たんや！」と正和は怒鳴った。

正和の怒鳴り声を聞いて、慎治も洗い物をしていた手を止めて、玄関先にやって来て正和の背中越しから訪れてきた客の顔を見て、慎治も驚いた。

男は少しうなだれて、黙って立っていた。

「何しに来たんや！　17年前に突然いなくなって！」

「俺たちがどれだけ苦労をしたと思っている！　お袋も死んでしまったし！」

その男は、『えっ?!』という表情を浮かべて、さらにうなだれた。

「申し訳ない！」と言って男は泣き崩れ、玄関先に跪いた。

「今更なんや！　帰ってくれ！」正和は男の頭越しにさらに怒鳴った。

正和の前に立つ明子は、眼に涙を浮かべて黙って立っていた。

正和の背後に立つ慎治は、怒りの表情を浮かべて立っていた。

「帰れ！　とにかくお前には会いたくない！　帰ってくれ！」と正和は怒鳴った。

男は立ち上がり、3人の子どもたちの姿を眼に焼き付けるように、数秒見つめて逃げるように帰って行った。

正和は、自分の前に背中を向けて立っている明子の横から玄関ドアの取っ手を持って、勢いよくドアを閉めた。

明子は泣きながら、玄関先で立っていた。

慎治は明子の後ろで唇をかみしめ、俯いて立っていた。

正和だけは、かつてお袋が寝ていた畳の部屋に戻り、座卓テーブルに肘をついてうなだれていた。

『果たしてこれで良かったのだろうか？』正和は弟妹たちからおやじと接する機会を取り上げてしまったのではないだろうか？　と自問自答を繰り返していた。

それからどれだけ時間が経過したか、3人の兄弟妹たちには分からなかった。

やがて、3人は今までしていた家事の続きを無言のまま、やり始めた。

そして無言のまま、それぞれがいつもやっているすべきことをして、それぞれ寝床についた。

兄弟妹たちは、それぞれの思いを心に納めながら普段の日常生活に戻っていた。

12月に入り、木枯らしが吹き始め、朝夕めっきり寒さが肌を刺す季節を迎えた。

正和は朝、自宅から自転車で30分程の距離にある勤務先のラーメン店に向かっていた。

途中、消防車がけたたましいサイレンの音を鳴らしながら、正和の自転車の横を追い抜いて行った。

消防車は1台だけではなかった、3台〜4台と同じようにサイレンを鳴らしながら、追い抜いて行く。

パトカーや救急車も数台、サイレンを鳴らしながら同じ方向にスピードを上げながら行く。

『火事かな。どこだろう？』と思いながら正和は自転車を職場の方へ向けてペダルを漕いでいた。

同じ道路を緊急車両が信号を左折した数百メートル先の建物から煙が立ち昇り、炎も見える。

アパートの火災のようだ。

正和は短時間、信号機の所で自転車を止め、様子を見守ったが、すぐに直進し職場へと自転車を進めた。

職場のラーメン店は、火災のあったアパートから数キロ程離れた駅近くにあった。

いつものように、店員たちが次々に出勤してきて、開店準備を淡々と進めていく。

出勤してきた店員たちが、出勤途中で見た火災の様子を心配そうに口々に言っていた。

やがて、昼近くになり、店内に設置しているテレビが朝の火災ニュースを伝えた。

上空のヘリコプターから火災現場の状況や消火活動の様子が、映像でテレビに映し出された。

忙しい昼食時を過ぎ、夕方になって店に配達して貰っている夕刊が届けられた。

早速、正和は夕刊を広げて、今朝発生した火災記事を探した。

夕刊の3面に比較的大きく写真入りで、報道されていた。

『アパート全焼、20世帯37人が焼け出された』とあった。

幸いにも死者はいなかったが、重軽傷者が十数名出たとあった。

負傷者の中に『磯山孝史』という名前が、正和の眼に飛び込んできた。

磯山孝史といえば、正和の父親と同じ名前だった。

正和は、ドキッとした。

まさか、おやじか？

ひょっとしたら、おやじが重傷なのか？

それから店の閉店時刻の午後10時まで、いつものように仕事をしていたが、落ち着かなかった。

仕事が終わって、消防署に問い合わせた。

「私は磯山正和と言いますが」

「今朝のアパート火災で、磯山孝史という人が負傷されて病院に搬送されたと聞きましたが」

「はい、それでどうされましたか？」

「磯山孝史は私の父ではないかと思いまして、搬送された病院をお聞きしたいんですが」

「はい、少々お待ちください」

数分待たされた後、「北摂大阪病院です」

「有難うございました。お世話になりました」と言って電話を切った。

仕事の帰り、かなり遠回りになるが、電車で2駅程の病院へと向かった。

5階建ての病院で、夜間出入口に回って警備室の窓口で入院患者の名前を告げると、5階の看護師詰所へエレベーターで上がるよう教えてくれた。

5階に上がり、看護師詰所に行くと詰所の窓口で磯山孝史の名前を告げた。

すでに午後11時を回っていたので、遅くなった訳を話した。

すると、「病室番号は501号室で入り口に近いベッドです」と教えてくれた。

もうすでに病室はすべて消灯されていた。

暗闇の中を看護師は懐中電灯を持って、磯山孝史のベッドまで連れて行ってくれた。

右腕と両足に包帯を巻かれた状態で、磯山孝史はベッドで寝ていた。

薄暗い病室で、顔を確かめようとしたがよく分からなかった。

すぐに看護師と一緒に病室を出て、礼を言って帰った。

次の日の朝刊には、アパート火災の原因は1階の居住者が、このアパートでは使用禁止にされていた石油ストーブに火を点けたまま給油していて、漏れた灯油に引火したと書かれていた。

磯山孝史の部屋はアパートの2階にあり、そして石油ストーブは使っていなかったので、火元ではなかった。

正和は、店の繁忙時間帯である昼食時を過ぎた頃に時間休暇を取らせて貰って、おやじが運ばれた北摂大阪病院を訪れた。

そして午後の、この時間は面会ができる時間帯だったので、病院の正面玄関から入った。エレベーターで5階に上がり、昨日、警備室で教えてもらった通りに進み、看護師詰所窓口を訪れ、面会簿に記入した。

501号室に緊張した面持ちで、重い足を運んだ。

病室のおやじの様子をそぉーっと覗いて見た。

覗いた正和の顔をベッドに横になっていたおやじの眼が、しっかりと捕らえていた。

おやじは、横たわりながらびっくりしたように眼を大きく見開いた。

事実びっくりしていた。

正和も緊張した顔でベッドの横に歩み寄り「おやじ、大変やったなあ」とだけ小声で言った。

おやじの眼から涙が溢れてきた。

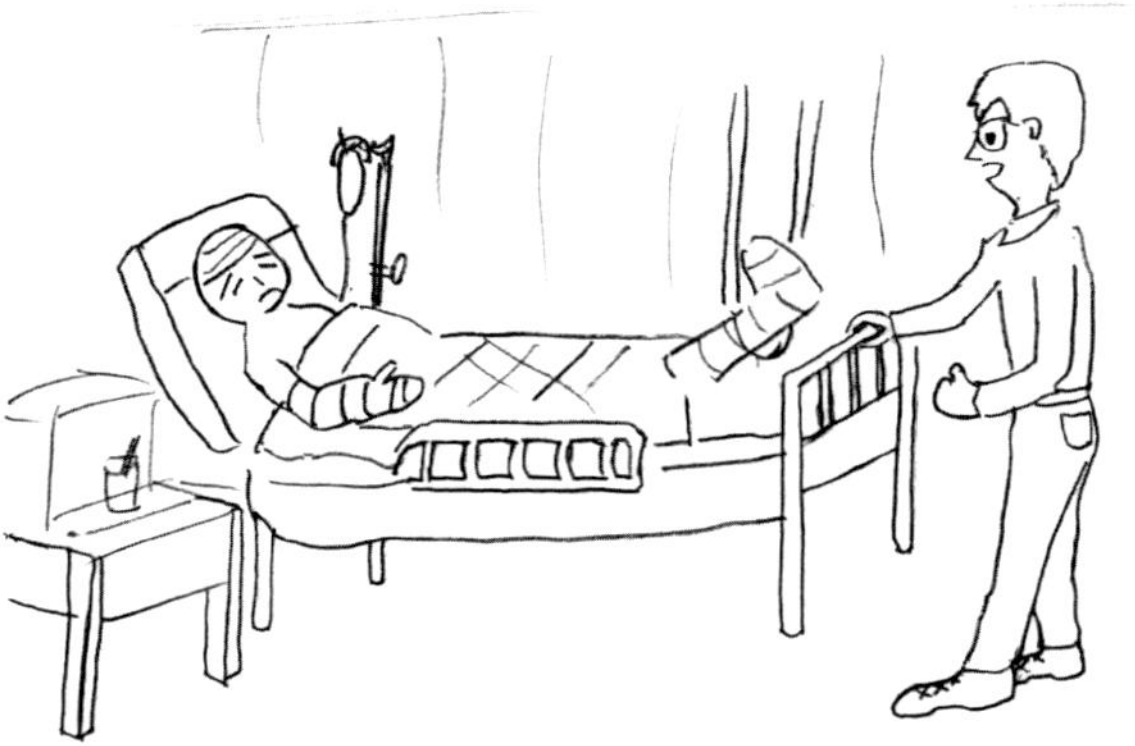

「来てくれたんか」と言うのが精一杯だった。

後は、お互いに言葉にならなかった。

正和は安心してベッドを離れ、すぐに病室から出て行った。

正和は、アパートの火災のこと、おやじが負傷して入院していること、3ヵ月程前におやじが店に来たことを弟妹たちに話した。

そして、次の日曜日、正和は休みを貰い、兄弟妹3人でおやじの病室を訪れた。

ベッドの上のおやじは、びっくりしていたが、前回、正和が来た時と同じように涙を流しながら喜んでいた。

弟妹たちは「早く元気になれよ」とだけ言っていた。

おやじは、涙を流しながら「うん、うん、ありがとう」というのが精一杯だった。

すぐに「おやじ、また来るからな」と正和が言って3人は、病室から出て行った。

おやじは、ひと月程して退院することができた。

そして、住むところがなくなったおやじは、正和たちが住んでいるアパートに身を寄せることになった。

子どもたちと一緒に住むようになってから父親は、その重い口を開いた。

失踪後の17年間の真実を語ることが、3人の子どもたちや亡くなった妻に対する償いだと思うようになった。

17年前の秋に家に戻らなくなったのは、毎日飲み歩いていた行きつけのスナックで知り合った女性と、大阪市内の賃貸マンションで一緒に生活していたということだった。

その女性とは、3年程一緒に暮らしたが別れたそうだ。

賃貸マンションは、その女性名義で借りていたので、父親はやはり大阪市内の別のアパートに引っ越し、その後ずっと1人で住んでいたという。

しかし、年を重ねるに従い、50歳を過ぎた頃から昔おいて出た妻や3人の子どもたちが気になりだし、以前、家族と一緒に暮らした、この町に引っ越してきたそうだ。

火災のあったアパートには大阪市内のアパートから、この春に引っ越してきたばかりだったそうだ。

正和の勤めるラーメン店を訪れたのは、たまたま偶然で、正和がその店の店長をしていることにも気づかなかったということだ。

充分に歩行することができないおやじは、皮肉にも以前母親が一度も使うことがなかった車椅子を使い、病院通いをしていた。

車椅子の後ろは、息子たちや娘が交替で押していた。

カァーカァー
40
うん、そうや

あとがき

令和の今になって、日本の社会から消極的な視点ではありますが、問題意識化された家庭の問題。

「それは、家庭の問題だから……」他人が踏み込むことをタブー視してきた日本社会の要因が、そこにはあります。

他人のプライバシーに踏み込むことは、許されないし、また他人から自分のプライバシーを侵害されることは、いつの時代でも許せないことだと思います。

こうした、個人主義やプライバシーの社会の壁の中で、介護を必要とする家族を支えなければならない若い人たち「子どもたち」であるヤングケアラーの実態を、小説として表現してみました。

しかしながら、現実的には、本当に支援を必要としているヤングケアラーと呼ばれる子どもたちが、民生委員の活動の中でも、なかなか浮上してこないケースが、多いそうです。

「ヤングケアラー」という単語は、端的に、そうした環境におかれた「若い人たち」を明確に表している、優れた和製英語だと思います。

恵まれた家庭に育ったクラスメートの松原と対比することによって、ヤングケアラーである磯山の高校生活や進路選択などの苦悩を表現してみました。

また、不登校生徒の指導の難しさを、どのように表現するかも課題の1つになります。不登校生徒の事情は、千差万別でケースの数だけ事情があると思います。教師が不登校生徒を、登校させようとすると「教師と生徒」という立場の違いを乗り越えることは、本当に難しいものです。

同じクラスのクラスメートによるアプローチが、不登校生徒の「心をひらく」切っ掛けとなる要素が大きいと、私の長年に亘る教師生活で感じているところであります。

一昔前の高校生の生活を描くことによって、この小説を昭和世代から令和の「Z世代」といわれる若い人たちまで、幅広い読者に読んでもらいたいと思っています。

読者の方々に、ヤングケアラーと不登校生徒への理解、そして若い人たちには世代を超えて「ライフワークというものへの意識と考え方」を少なからず、この小説の中から感じ取って頂けたら幸いに存じます。

令和4年（2022年）12月

三津井清隆

著者プロフィール

三津井 清隆（みつい きよたか）

職歴　京都大学大型計算機センター　文部技官
大阪府公立学校　教諭、教頭、校長
大阪府教育センター　非常勤嘱託員
大阪府三島郡島本町立第二幼稚園　園長
大阪府三島郡島本町立歴史文化資料館　館長

高校生ヤングケアラー

2024年１月15日　初版第１刷発行

著　者　三津井 清隆
発行者　瓜谷 綱延
発行所　株式会社文芸社
〒160-0022　東京都新宿区新宿1－10－1
電話　03-5369-3060（代表）
03-5369-2299（販売）

印　刷　株式会社文芸社
製本所　株式会社MOTOMURA

ISBN978-4-286-24797-7